Anna-Lena Brundin
Katrin Jakobsen

Anna-Lena från Montmartre

Kåserier
och en guide till berget i Paris

Wahlström & Widstrand

Av Anna-Lena Brundin har tidigare utigivits på Wahlström & Widstrand:

Nej tack, jag åt nyss 1996

Kattguld 2001

På annat förlag har utgivits:

En god katt förlänger livet 1998

Kvinna eller försvinna! 2000

Stort tack till den vandrande idébanken Olof Brundin.

Grafisk formgivning Mona Rönningen

ISBN 91-46-20193-9

Tryckt hos WS Bookwell, Finland 2003

INNEHÅLL

FÖRORD

Söndagen den 24 februari 2002 klockan 08.12.36 hittar Gerard Pouteau (före detta kantor, numera luffare) en tjugoeurosedel under en parkbänk vid Place des Abbesses i Montmartre. Exakt vid samma tidpunkt, på 54 Rue Lamarck, finner lille Pierre äntligen sin borttappade favoritboll under chiffonjén, samtidigt som pudeltiken Kiki i våningen ovanför slickar sin husses fot.

Samtidigt, i en lya längre ned på berget, vaknar Anna-Lena Brundin (född Bergelin) till sin stora förvåning utan väckarklocka, alldeles av sig själv. Och trehundra meter bort, i en våning på andra sidan parken, sover Katrin Jakobsen (född Ehlers) fortfarande. Hon har ställt väckningen på 09.00, och ser fram emot en ledig dag.

Anna-Lena hatar när det finns kummin i brödet. Hon avskyr att frysa och vara kissnödig samtidigt, och hon blir galen när hon inte hittar sitt Lypsyl.

Katrin hatar att bita i ett äpple som ser gott ut, men som visar sig vara mjöligt. Hon avskyr att ge instruktioner till en hårfrisörska som ändå klipper precis som hon vill. Och hon blir galen när resåren på sockorna är slappa, så att de åker ned och knölar sig i skon.

Däremot tycker hon om att möblera om. Hon gillar att klyva ett äpple med bara händerna, så att alla kan se vilken frisk och stark tyska hon är. Och hon älskar att gå ut med sin kamera och fotografera ögonblick, inte för någon särskild anledning, utan bara för att samla dem i sitt hjärta.

Anna-Lena tycker om att få lägga sig mitt på dan och kela med sin katt, medan regnet smattrar på fönsterrutan. Hon gillar att rensa i hyllor och skåp, och hon älskar att stöta på roliga eller romantiska historier ur verkliga livet, som hon sedan berättar som mustiga skrönor.

Om två timmar, arton minuter och tjugofyra sekunder ska de båda träffas. De har stämt möte utanför den underbara (inredd av Jean Cocteau) biografen **Studio 28** på 10 Rue Tholozé.

Trettio minuter senare, 11.00 prick, sker händelsen som kommer att förändra deras liv för alltid, men det vet de inte om när de möts i den currygula foajén. Inte heller anar de vad som kommer att hända när de sitter i biografens läckra bar och dricker varsin espresso.

Filmen "Amelie från Montmartre". Den slår ned som ett blixtnedslag, rör om i deras djupaste inre och ger dem en yrvaken, men oerhört stark insikt. Bara upptäckaren av Tutanchamons grav hade kunnat förstå Anna-Lenas och Katrins känslor.

"Herregud", säger de till varandra när de efteråt tumlar ut på Rue Tholozé. "Det är ju inte i Paris vi bor. Vi bor i Montmartre!"

■ PLACE ÉMILE GOUDEAU

Det här med elegans i högklackade skor visade sig vara betydligt svårare att uppnå än väntat. Fantasin ville liksom inte erkänna kullerstenskullen som reell motståndare. Utan förvrängde de ändlösa, sneda trapporna till pittoreska trampmaskiner. Ansträngningen att ta sig upp i sjucentimeters pumps skulle inte bara belönas med att komma fram, utan även med granna vadmuskler och, som bonus, en vidunderlig utsikt över den stora staden. Hon gick på det gång på gång. Men fötterna drömde ibland om Ecco.

UPPE I DET BLÅ 1

Jag blir alltid lika glatt överraskad över att solen skiner ovanför molnen. För bara en liten stund sedan var jag där nere i den grå sörjan, och nu är det bländande ljust! Det pirrar i magen. Mitt humör är på topp och jag är sugen på att babbla med någon, skämta, dela min otyglade glädje, just som flygvärdinnan dyker upp med sin doftande vagn.

”Någonting att dricka till maten?”

”Är det kött eller fisk?”

”Kyckling.”

”Då tar jag rosévin.”

”Det har vi tyvärr inte.”

”Jag vet. Vitt, tack.”

Lyckan började spira redan i taxin på väg ut. Känslan att få säga ”Utrikesterminalen, tack” är ... låt mig säga, fenomenal. Checka in, växla till euro, bunkra några stockar snus, köpa sig en lyxig parfym på taxfree, smutta på ett glas cider i baren. Obetalbart.

Dessutom känner jag mig snygg för en gångs skull. Mina skor är välputsade och jag är propert klädd i långbyxor och kavaj, bär en sober vardagsmakeup och har fönat mitt hår (det vill säga: böjt luggen inåt). Jag vet mycket väl att de flesta kvinnor är så här välvårdade mest varje dag, men för mig är det faktiskt sensation.

Kycklingen är trendigt tillagad i lime och chilisås med basmatiris till rostad paprika.

Det sitter ingen bakom mig, så jag kan med gott samvete luta mig tillbaka. Bilder, stämningar och dofter svindlar förbi. Montmartre. Min lilla lya. Som jag har längtat. Så kul det ska bli!

Jag har även storartade planer på att förbättra min franska. Under vintern har jag flitigt lyssnat på en kassett som heter ”Lyssna och lär” medan jag har varit på promenad med hunden. Fras efter fras har jag nött in, lyssnat och härmat, lyssnat och härmat, om och om igen … så något måste väl ha fastnat?

Hur som helst ska det bli oerhört spännande att prova mina färdigheter i praktiken.

Kaptenen upplyser oss plötsligt om landning och jag blir förvånad. Så fort det gick!

Jag fäller upp mitt ryggstöd och ler belåtet. Tiden går fort när man är uppe i det blå.

Charles de Gaulle. Min blick sveper sökande över det stora flygfältet. Någon har sagt att det ska krylla av kaniner här, men jag har aldrig, trots att jag har sett denna flygplats otaliga gånger, aldrig sett en enda kanin.

Däremot har jag stött på prinsessan Victoria. Det är sant! Här på Charles de Gaulle, i en blå liten dräkt, med ett gäng livvakter på släp, svepte hon förbi, just där jag satt och väntade.

Vet ni vad hon sa? … Hon sa: ”hej”. Fast jag sa ”hej” först.

Jag slipper ställa mig vid bagagebandet, eftersom jag min vana trogen har packat snålt. Små och tunna stretchplagg i liten väska på hjul, som tyvärr brukar urarta i att jag, efter spontan och hämningslös shoppingfrossa, tvingas köpa en billig jätteväska hos kinesen (**Jinfa**) på gatan.

”Dix-huitième, s’il vous plaît (Artonde, tack)”, säger jag stolt till taxichauffören. Jag har precis gått igenom kapitlet ”att åka taxi” i min kurs. När jag lite senare försöker prata med honom om återvändsgränder och enkelriktat och sånt, verkar han dock inte förstå. Konstigt.

En lurvig jycke sitter bredvid honom i framsätet och kupén är uppenbart skitig, men det luktar vanilj. Jag fylls av den sortens lycka man erfar av fenomenet igenkänning. Precis så här ska det vara, tänker jag. En fransk taxi ska vara stökig. Och lukta vanilj.

Hemma! Min lya, så underbar och så underbart att se min kaffekopp, hur den står där den står, där jag ställde den sist. Jag inspekterar kylskåp och skafferi. Vad behöver inhandlas?

Inte champagne i alla fall. Den ser jag alltid till att lägga på kylning innan jag åker härifrån. Blommor ska jag köpa! Och bröd, smör och ost. Kaffe finns.

Jag häller upp ett glas champagne, slår mig ned vid köksbordet och låter min vidunderliga utsikt smälta in. **Cimetière de Montmartre,** Montmartres berömda kyrkogård, som ligger utsträckt nedanför mitt fönster i all sin stillhet och prakt. Där vilar minsann både Degas och Offenbach, men också Louise ”La Goulue” Weber, kvinnan som uppfann cancandansen på Pigalle. Jag är stolt. Framför allt är jag stolt över att den stora, och för Montmartreborna helt oförglömliga, sångerskan ”Dalida” vilar här. Ja, vilar och vilar. Dalida står som tjusig guldstaty, med utslaget hår och långklänning. Elegant och värdigt står hon, framför en enorm portal i svart marmor. Av ren artighet har bara hennes dödsdag ristats in, inte när hon föddes, så inget röjer hur gammal hon blev. Sånt gillar jag. Är man stor så är man.

Jag öppnar mitt franska fönster och sticker ut huvudet. Kastanjerna har nästan slagit ut. Men vad nu då? Skymtar inte en jättebukett i cellofan på graven mittemot? Jo, ta mig fan. Det var djärvt, må jag säga.

Graven, som ligger mitt på kyrkogården, i blickfång från mitt fönster, har alltid intresserat mig. Stor koloss av svart marmor med graverad guldtext som lyder: *Il est interdit de mettre des fleurs sur ce tombeau (Förbjudet att lägga blommor på graven)*. Varför? Var den döde allergisk? Tycker de att blommor skitar ner?

Under alla omständigheter är det i alla fall någon där ute som har trotsat detta förbud. Kanske en arvlös, vem vet? Eller en hatad älskarinna.

Vår. Luften är mild och krispig samtidigt. Jag andas in. Fågelkvitter, så längesen.

Det är så vackert att jag nästan börjar gråta, och efter ännu ett glas pärlande champagne, är jag så rörd och inspirerad att jag skriver en dikt till min älskade kyrkogård:

Så full av liv du är, du tysta plats för vila,
av duvor, katter, älskande par,
som ej på livet tvivla.
Här mötas alla,
mager och tung, blå eller röd,
gammal som ung, levande, död.
I skymningstid du viskar vad du vet,
men dagen håller mun.
För ett är säkert, ingen hemlighet
ska lämna detta rum.

■ RUE CARDINAL DUBOIS

Länge hade hon ansetts vara en av dem. Någon som bara hälsade på, som inte hörde till. Trots att hon ändå hade bott där i femton år. Det brukade svida förstås, men skakades genast bort som Typiskt och Franskt. Då, en turisttung höstsöndag uppe på kullen kom äntligen insikten. Det var ju hennes fel! Hon hade inte tänkt på att även människan behöver rota sig för att finnas till. Så, likt en levnadshungrig exotisk växt, klängde hon sig fast lite varstans på klippans villkor, log ett ljusblått leende och togs emot med vidöppen famn.

2 HOTELLET

Jag ser Annikas besvikna ansikte framför mig. Jag ser också hur Tommy hårdhänt lyfter mig i kragen och skäller så att saliven stänker. Hur kunde jag vara så nonchalant?

I månader har jag vetat om att jag skulle boka ett mysigt rum till Annika och Tommy (det är av största betydelse att man säger deras namn i just denna ordningsföljd, annars associerar det lätt till Pippi Långstrump). I två månader har jag alltså vetat om att jag skulle boka rum … och så har jag inte gjort det! Jag är rasande på mig själv. Annika kommer aldrig att förlåta mig om jag inte hittar något. Och det värsta är, att det är precis så det ser ut att bli. Det är fullt! Fullt i Montmartre … fullt i hela Paris. Bara för att det är modemässa i stan. Hur kunde jag vara så naiv? Klart att det är fullt. Jag ryser.

Det enda som återstår är att försöka hitta ett hotell på Pigalle. Usch. Denna snuskiga gata med beryktade hotell, där man kan hyra in sig för en billig timme.

Efter en kvart av idogt telefonerande får jag äntligen napp. Ett hotell på Place de Pigalle, **Villa Royale**.

”Ni har tur, madame! Vi fick just en avbokning av Dalidarummet denna eftermiddag, annars var det faktiskt fullt.”

”Dalida?”

”Ja, madame. Alla våra rum är döpta efter kända personer, Brigitte Bardot, Marilyn Monroe, Sophia Loren … och Dalidarummet är mycket, mycket fint. *Beaucoup de charme (Mycket charmigt).*”

Jag fylls av avsmak. Typiskt snuskhotell att sko sig på sexiga kvinnors namn för sina skumma ändamål. Och med all säkerhet har de inte frågat om lov heller. Synnerligen småsint av dem, må jag säga, att försöka dölja skiten bakom flärdfulla kändisar.

Rummet uppenbarar sig, likt ett skräckscenario, för mitt inre: En smutsig gardin hänger på halv stång. Långa hårstrån ligger i duschbrunnen, en använd tops i papperskorgen, bajsrand i toan. Väggen i sovrummet är tapetserad med brunmönstrade heltäckningsmattor, som bär tydliga spår av spermafläckar. I sängen ligger det grådaskiga lakan, och om man lyfter på dem upptäcker man att madrassen är täckt av ett tunt lager päls. Fast det ÄR inte päls, utan tusentals vassa könshår som har kilat sig fast! Och värst av allt: Något kryllar i ”pälsen”.

Det vänder sig i magen. Vad ska jag ta mig till? Jag samlar mig.

”Hur mycket kostar det?”

”Ett dubbelrum kostar 310 euro dygnet, madame.”

Trehundratio euro! Vilka klåpare. Så elakt och cyniskt att utnyttja situationen på det här viset. Men det är klart. Är de vana vid timpenning lär det väl bli saftigt med ett helt dygn. Mycket pengar är det i alla fall, för Annika och Tommy, alldeles på tok för mycket. Men vad ska jag göra? Det är bara att bita i det sura äpplet. Jag kanske kan erbjuda dem min lya och ta rummet själv? Nej, då skulle de förstå att jag hade glömt att boka. Bjuda dem på middag kanske? På alla middagar om så vore, och luncherna likaså. En sak är säker. På något vis, ekonomiskt eller känslomässigt, kommer detta fatala misstag att stå mig dyrt.

"Okej", suckar jag. "Det blir bra."

Nu gäller det att lägga upp en strategi, att övertyga Annika om att detta hotell lär vara något i hästväg, ja det ballaste som finns att få. Jag kan ju alltid säga att … att …

Och Annika som är hysterisk pedant, dessutom. Livrädd för främmande baciller. Herregud.

Hon kommer att vända upp och ned på hela hotellet! Hon kommer att syna madrassen med lupp! I munskydd och plasthandskar.

Hon kommer att kräva sterilisering av rummet och köpa egna lakan. Och Tommy kommer att sitta inkapslad framför sin dator och vara sur. "Vad skulle vi hit och göra", kommer han att älta. "Jag har ju sagt att Anna-Lena inte är att lita på, men du lyssnar aldrig på mig." Och sedan skulle grälet vara i full gång. Annika skulle bli högröd i sitt fräkniga lilla ansikte. "VEM lyssnar inte på VEM!" skulle hon skrika. "Du kan gifta dig med din jävla dator i stället, för den behöver du inte lyssna på."

Stackare. Sedan de födde tvillingarna och började bygga om sitt hus har de grälat som aldrig förr. Ja, Tommy skulle bli galen om han visste hur mycket Annika har berättat. Att han inte ens gitter ge Annika frukost på sängen på hennes födelsedag längre. Till exempel.

Och denna lilla weekendresa, utan barn och på tu man hand, kanske kunde ge dem en chans att hitta tillbaka. Men vad händer? Jo jag, Annikas trogna väninna sedan arton år, håller på att förstöra alltihop. Jag smular sönder deras enda lilla halmstrå till hopp.

Snacka om usel människa.

Jag lyfter luren och knappar in Annikas mobil. Eftersom jag inte vill riskera att behöva prata med Tommy. Vet inte varför, men av någon anledning känner jag på mig att Tommy inte gillar mig. Å andra sidan har jag aldrig varit speciellt förtjust i honom heller. Han är ett nödvändigt ont bara, ett bihang till Annika så att säga. Men bara hon är lycklig så (har jag alltid resonerat) accepterar jag vem som helst ... och Tommy är dessvärre "vem som helst". Det är för sorgligt.

"Ja?"

Jag studsar till. Annika svarade på första signalen och jag var inte beredd.

"Hej, det är Anna-Lena. Hur är det? Du låter låg."

"Ja, jag är helt knäckt. Tommy och jag grälade hela natten igen. Jag vet ärligt talat inte var detta ska sluta."

Det stockar sig i min hals. Hur kunde jag? Hur kunde jag bara glömma att boka rum.

"Här kommer i alla fall glada nyheter", skrockar jag, och tycker mig höra hur falskt min röst klingar. "Jag har bokat DET rummet!"

Annika är tyst en stund, innan hon svarar.

"Jaha? Usch, jag vet inte om jag har lust längre. Det kan bli hur fel som helst."

"Nu ska du inte vara sån, Annika. Ni kommer att få det underbart! Gå hand i hand under långa promenader. Mumsa på rostade kastanjer och dricka vin. Rummet heter ju Dalida och allting, så det kan inte misslyckas. Du vet väl vem Dalida var?"

"Nä."

"Hon var Montmartres tjusigaste och mest älskade sångerska, mytomspunnen, du vet. Ett rum med ett sådant namn kan inget annat än att leva upp till sitt namn."

Annika suckar.

”Så du har inte sett rummet?”

Jag svettas och anstränger mig för att inte skälva på rösten.

”Nej, jag tyckte inte att det behövdes. Tillförlitliga källor har rekommenderat detta hotell ska du veta, så du behöver inte vara orolig.”

”Bra. Du, tvillingarna skriker. Jag måste lägga på.”

”Okej. Det ska bli så roligt att träffa er! Kram!”

Jag andas ut. Hon frågade aldrig om priset. Antagligen för att hon för tillfället är likgiltig inför det mesta. Arma människa.

Fredag morgon. Jag vaknar tidigt, utan väckarklocka, alldeles av mig själv. I eftermiddag anländer Annika och Tommy! ... är min första tanke. Hoppas, hoppas, hoppas.

Annika och jag har bestämt att vi inte ska träffas deras första kväll, utan först i morgon lunch. Eftersom jag alltjämt lider av dåligt samvete över rummet har jag, tillsammans med Annika såklart, planerat en detaljerad rutt. Annikas tanke är att hon och Tommy ska få vara ensamma tillsammans så mycket som möjligt, samtidigt som de får uppleva essensen av Paris.

Min tanke är att de ska hålla sig borta från rummet.

På lördagen, ska vi alltså börja med lunch, alla tre förstås (tyvärr), på **La Villa des Abbesses**. En mysig restaurang, där det känns som om man sitter i någons privata vardagsrum. Sedan shopping och sightseeing i Montmartre. Annika kommer att smälla av på **Bonnie Cox**, en av de trendigaste butikerna. Inte minst över att Madonna ganska nyligen var där och köpte trehundra cowboyhattar. Och bara för att Madonna hade köpt trehundra hattar där, så skulle naturligtvis också Johnny Halliday, Frankrikes alldeles egen rockkung, göra det. Han är ganska åldrad nu, men på klassiskt manér kompenserar han det med en allt yngre fru. En gång fick Johnny för sig att sätta upp en egen show i Las Vegas. Snopet nog blev inga biljetter sålda, så därför (för att inte tappa ansiktet helt) chartrade han ett plan och slussade tusen franska fans över Atlanten. Jag förstår honom.

Hur som helst. På söndagen ska jag ta Annika och Tommy till de mysiga Marais-kvarteren nere i Paris. Och sedan åker de hem! Lysande. De får vara mycket för sig själva (långt från rummet), samtidigt som jag lotsar dem till vattenhålen. Ja, gud hjälpe mig.

Kväll. Jag vet att de har landat för flera timmar sedan. Och att de borde ha tagit in på hotellet. Och enligt överenskommelse skulle vi ju inte höras av i kväll, men ändå sitter jag som på nålar. Jag lyfter telefonluren lite då och då för att höra om den fungerar. När som helst kommer Annika att ringa, jag vet det. Efter att ha sett deras rum kommer hon att ringa till mig och yla: ”Vad tar du mig för? En hora!”

Men telefonen är tyst. Innan jag kryper till sängs ringer jag till hotellet och frågar om de har kommit fram.

”Jodå, de checkade in för flera timmar sen. Ska jag koppla dig?”

”Nej, tack. Jag ville bara veta om de hade kommit fram.”

Restaurang La Villa des Abbesses har dukat smakfullt i gult och lila, och jag har redan väntat i tjugo minuter. Var håller Annika och Tommy hus? De kanske inte hittar. Eller vi kanske sade klockan två och inte ett! Så är det säkert. Vi måste ha missförstått varandra.

Tiden går, klockan bli två och kvart över två, men ingen Annika och Tommy.

För att släta över att jag, under rusningstid, har suttit och ockuperat ett bord för tre personer, fann jag mig tvungen att beställa in den ena aperitifen efter den andra och vid det här laget är jag ganska blarig. Och irriterad. Var tusan håller de hus? Här har jag, mot alla odds, fixat rum åt dem. Jag har bokat bord och planerat ... och så dyker de inte upp!

Väl hemma i min lya igen, ringer jag till hotellet.

"Dalidarummet, tack."

"Tyvärr. Inget svar."

"Näha. Så de har gått ut? Har de lämnat något meddelande?"

Det dröjer en stund innan kvinnan i receptionen kommer tillbaka.

"Nej, deras nycklar är borta, så jag vet inte. Antingen är de på rummet eller så har de gått ut. Det händer att gästerna tar med sig sin nyckel när de går ut. Och de har inte lämnat något meddelande."

"Jag förstår", suckar jag. "Kan ni vara så snäll och ta ett meddelande från mig?"

"Bien sûr, madame (Naturligtvis, damen)."

Kvällen löper sin gilla gång, utan ett knyst från Annika och Tommy. Och i vargtimman plågas jag av onda aningar. Tänk om de har grälat så att ... att ... jag orkar inte tänka tanken ut, utan väljer att somna. I fosterställning.

Söndag. Det regnar ute och telefonen är död. Ingen Annika och Tommy.

Jag struntar i att duscha, jag struntar i frukost. Hotellet, tänker jag fokuserat. Jag måste göra något. Och så kastar jag mig på luren.

"Kan jag få tala med Dalidarummet!"

"Var så god."

Signalerna går tydligt fram, men ingen svarar.

”Tyvärr, madame. Vem kan jag hälsa ifrån?”

Jag tappar kontrollen.

”Hälsa och hälsa! Jag har väl hälsat tillräckligt! Jag vill att ni går till deras dörr och bankar på. Ögonaböj! Annars ringer jag polisen.”

Det blir knäpptyst i andra änden. Receptionisten harklar sig besvärat.

”Banka på? Varför skulle jag det? Vi är noga med att inte störa våra gäster.”

”Inte störa våra gäster”, härmar jag honom. ”Inte störa våra gäster. Är det så det låter när man driver bordell?”

”Förlåt?”

”JAG VILL VETA OM ANNIKA OCH TOMMY LEVER, FATTAR DU VÄL! GÅ NU OCH BANKA PÅ. BUMS!”

Receptionisten drabbas av en smärre rethosta.

”*Pardon (Ursäkta)* … Gästerna på Dalidarummet lever i allra högsta grad. De har nyligen förtärt en utsökt frukost på sitt rum.”

Jag fattar ingenting. Varför gör de detta mot mig? Varför hör de inte av sig?

”Så bra då”, säger jag bara. ”Ni kan ju hälsa att Anna-Lena har ringt.”

Regnet strilar hela dagen och jag tänker att det är väl lika bra det, eftersom det inte tycks bli någon mysig tur till Marais-kvarteren. Är de sura på mig? Deras tystnad kanske är en protest mot att jag hade mage att skaffa dem ett sådant äckligt rum på Pigalle? Nej. Jag fattar ärligt talat ingenting. *Je ne comprends rien (Jag fattar ingenting).*

Strax före sju på söndagskvällen ringer telefonen. Äntligen.

”Hej gumman!”

Det är Annika, som ringer från flygplatsen, på väg hem. Hon fnittrar och låter som den flamsa hon var då jag lärde känna henne, för arton år sedan. ”Ja”, svarar jag kort. ”Var har ni varit?”

Hon får en skrattattack, som om hon aldrig hade hört något roligare.

”Varit!” tjuter hon. ”På ditt fantastiska Dalidarum, såklart. Du ANAR inte! Tack, älskling! Du är världens bästa kompis.”

Innan jag vet ordet av har Tommy ryckt till sig luren.

”Du är inte så dum som du ser ut, Anna-Lena!” hojtar han, för att sedan bli lågmäld och varm. ”Ärligt talat. Tack! Det har varit en enastående helg. Jag hoppas att vi kan göra nåt liknande för dig någon gång.”

Jag är mållös. Vet inte om jag ska bli smickrad, förbannad eller glad. Annika och Tommy har varit där, på rummet, hela tiden. Utan att höra av sig till mig.

Då viskar Tommy plötsligt. Snabbt, som om han vill att Annika inte ska höra.

”Du, Anna-Lena! Kan du möjligtvis köpa den bästa Dalidaplattan du kan hitta, och skicka den till mig? Annika fyller ju år snart. Hon skulle älska det.”

”Självklart”, ler jag och märker plötsligt hur jag blir generad. Jag rodnar. ”Så bra … att ni har haft det så bra, menar jag. På …hm … rummet.”

Jag lägger lamt på luren och stirrar rakt fram. Förbjudna bilder av Annika och Tommy i djupaste omfamning svindlar förbi. Mina kinder blossar. Nästa månad ska jag resa hit igen, med min man. Då jävlar.

■ RUE THOLOZÉ

Egentligen var de inte vackrare. De brydde sig helt enkelt mera. Så kunde de till exempel slinka in någonstans när de kände sig risiga. Inte så mycket för att klippa sig eller bättra på färgen. Utan för att känna att de gjorde något. Och njuta av att bli omhändertagna. Resultatet var alltid lika förbluffande.

3 HAMMAM

Metrolinjen från min lya går raka spåret hit, till Saint Denis-Basilique. Och vad har denna plats med Montmartre att göra? Jo, för mycket länge sedan (250 e. Kr.) fanns det en ärkebiskop som hette Denis. Han var i Paris (fast då hette Paris "Lutecia", vilket betyder träskland) för att kristna folket. Detta föll dock inte de dåvarande härskarna (romarna) i smaken, utan de tvingade upp ärkebiskop Denis till toppen av Montmartre, där de kallsinnigt halshögg honom.

Men ärkebiskop Denis dog inte med en gång! Nej, först reste han sig och plockade upp sitt blodiga huvud, som han tvättade rent i en fontän. Sedan vandrade han, med huvudet under armen, nedför bergets norrsida. Han gick flera kilometer innan han slutligen föll ihop och verkligen dog. Han begravdes just där, och lite senare växte det upp en vit ros över honom. Ännu senare byggdes det en kyrka, Saint Denis. Och runt kyrkan byggdes så småningom hus ... Saint Denis. Det är spännande att komma hit, känns nästan som att åka utomlands fastän man redan är utomlands, och jag är här tillsammans med ett gäng glada väninnor av alla de slag.

Vi lärde känna varandra för flera år sedan, eftersom vi satt i samma båt. Nämligen att vi var mammor till våra barn, som gick i svenska skolan i Paris.

Jag glömmer aldrig den första dagen, då det var upprop och samling på skolgården. Hur en välbekant kvinna kommer fram till mig.

”Hej, Anna-Lena. Det var inte igår!”

Jag känner igen henne direkt, hon ser spöklikt nog likadan ut nu som då. Och då har jag inte sett henne sedan jag var fem!

En läskig minnesbild av hur jag som femåring står i hennes föräldrars kök och petar in en ärta i näsan flimrar förbi.

”Marie-Louise”, skrattar jag. ”Vad gör DU här?”

Hon dunkar mig hjärtligt i ryggen. ”Jag visste väl att våra vägar skulle korsas igen.”

Sedan visar det sig att hennes son Peter skulle hamna i samma klass som min son Totte.

Och naturligtvis (det förvånar oss inte) var det just de två som blev klassens busar.

En annan kvinna som känns välbekant där på skolgården är en blond kvinna med page.

Jag går fram till henne för att frankt fråga: ”Ursäkta. Men känner inte vi varandra?”

”Nej, det tror jag inte”, ler hon vänligt, vilket förvirrar mig. Jag måste ha stött på henne i ett tidigare liv. Och av någon anledning faller det sig sedan så att det är hon, Lena, och jag som träffas i stort sett varje dag. Och det gör vi än. Så skumt är det.

Efter att vi har lämnat våra ungar i frökens händer samlas vi alltid på ett fik och snackar skit.

Det är under denna timme av pladder och flabb som alla projekt föds. Vi går på bio i stora gäng, på gemensamma shoppingturer, picknickar i Boulogneskogen, middagar, med mera.

Men den heligaste traditionen är ändå våra regelbundna utflykter till **Hammam Pacha** i Saint Denis. Detta turkiska bad, som måste vara ett av de bättre med tanke på att flera filmer har spelats in där. ”Emanuelle VII”, till exempel.

Det är ödsligt på torget i Saint Denis denna morgon. Jag slänger en blick över axeln. Här kan man leva farligt ifall man är dum och oförsiktig. Jag hörde för ett tag sedan talas om en svensk journalist som fick för sig att göra socialreportage om denna förorts missanpassade ungdom. Orädd och oförskräckt sökte han upp ett gäng på gatan och fiskade efter saftiga historier. Men ungdomarna vägrade att svara. De bara glodde buttert på honom och spottade loskor. Journalisten gav sig inte i första taget, brinnande yrkesman som han var. Vet ni vad ungdomarna gjorde? De tände eld på hans jacka.

Så det gäller att vara diskret.

Det är en bit att gå från tunnelbanan, men vi är ändå inte oroliga. Vi har ju varandra, och vi är många. Jag, Lena, Marie-Louise. Mia, som ursprungligen är Lenas kompis, men som har adopterats in i Parisgänget. Hendrika, en energisk kvinna med flamländsk bakgrund, alltid klädd i jordfärger, och så Harriet, en sprallig flygvärdinna med norskt påbrå och väldigt optimistisk läggning. En sådan kvinna som betraktar fettvalkar som kurvor, ni vet. Hon fyller fyrtio nästa vecka, fast vi tänkte fira henne redan idag. Först Hammam och sedan restaurang.

Precis innan vi har kommit fram ringer Marie-Louises mobiltelefon. Det är Peter, hennes son.

”Va!” skriker Marie-Louise. ”Ånej! Inte nu igen. Kan du inte ringa pappa?”

Vi övriga sneglar bekymrat på varandra. Vad är det nu som har hänt? Marie-Louise ser skärrad ut. ”Hur går det med Nisse?” frågar hon sen. ”Nisses hörsel kan bli förstörd, förstår du. Du måste stänga in honom nånstans där det är tyst. Lås in honom i linneskåpet!”

Hon pratar om sin papegoja, familjens klenod. En dyrbar art som kallas Grå Jacko och som kan lära sig säga precis vad som helst. Dessutom varnade veterinären dem för att denna sorts goja svindlande lätt kan bli alkoholist! Annars kan den bli mycket gammal, typ åttio.

Hon knäpper av telefonen och biter ihop. ”Jag måste hem”, säger hon.

”Va? Hem? Varför det? Snälla, vi har ju precis kommit fram. Vad har hänt?”

Hon suckar djupt. ”Larmet har gått igen. I vår lägenhet. Satans skitlarm. Det händer titt som tätt.”

Stämningen i gänget blir tryckt. Vi vill inte att hon lämnar oss, det kommer att kännas som ett hål. ”Snälla”, vädjar vi. ”Ring och säg att du inte kan, att ungarna får ringa till sin far i stället.”

Marie-Louise nickar sorgset och följer vårt råd. En kvinna kan faktiskt inte vara på flera platser samtidigt.

”Peter!” säger hon strängt. ”Du får ringa pappa … va? Jamen, stoppa bomull i öronen så länge. Och tryck på dig cykelhjälmen. Ring nu pappa, sa jag, så ordnar det sig.”

Hon rodnar lätt efter att ha avslutat samtalet. ”Usch, jag är en dålig mor.”

”Inte då”, försäkrar vi och applåderar. ”Du tog just ett steg i kampen.”

”Vilken kamp?”

”Kampen för kvinnliga rättigheter.”

■ SAINT DENIS

Så konstigt. Härinne verkade alla dessa spritt nakna, snattrande muslimska kvinnorna så mycket självsäkrare än hon. Inte tycktes de ha problem att visa sin kropp för andra. Men utanför var det hon som gick med stora urringningar.

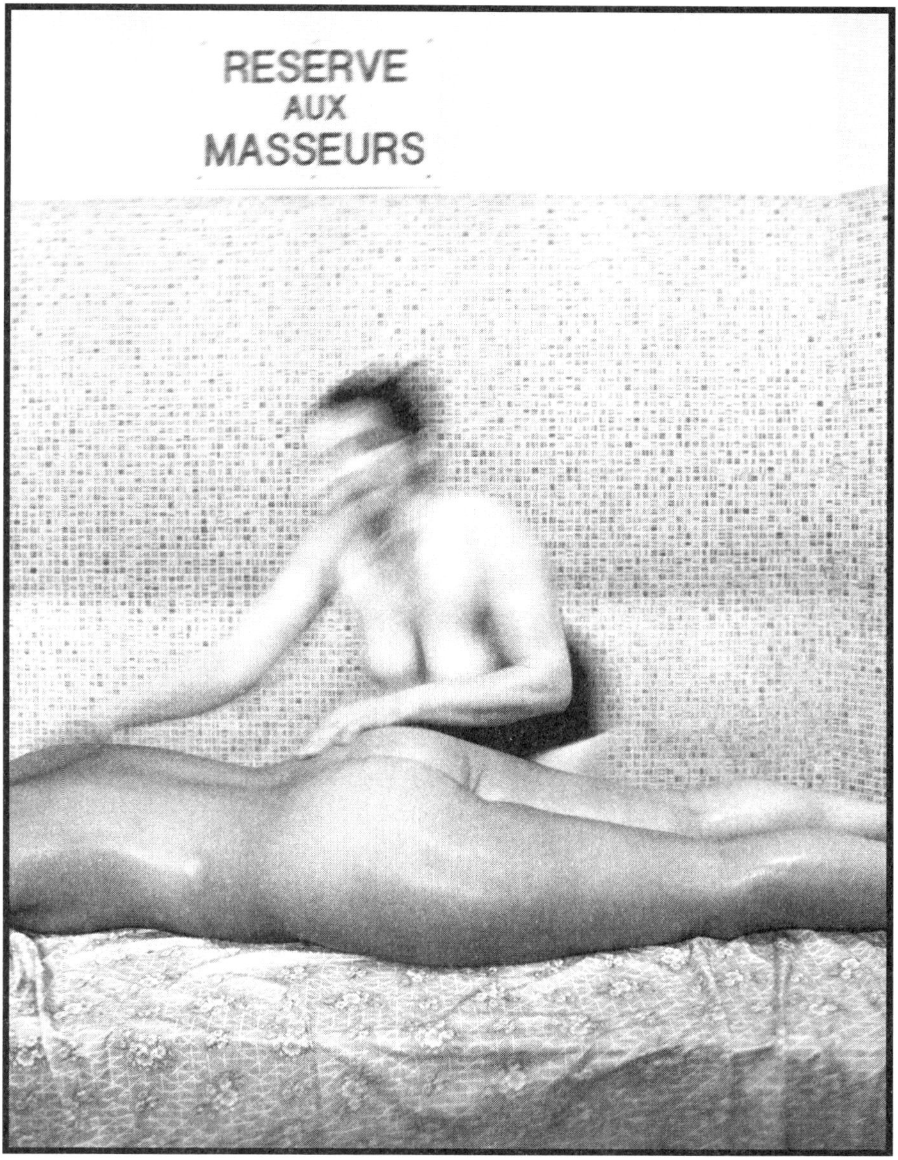
RESERVE
AUX
MASSEURS

Doften av ånga och eukalyptus slår emot oss så fort vi kommer innanför dörrarna. Vi andas in och slappnar av. Gud, så skönt det ska bli.

”Hela kittet tack”, säger vi när vi betalar inträde, vilket innebär en lång dag med diverse behandlingar inklusive lunch. Vi får varsin nyckel till varsitt skåp, handduk och badrock, samt varsin burk med flytande svart tvål och en skrubbhandske. Här ska njutas.

Det är svängdörrar av trä in till badanläggningen, där yttersta delen består av en stor vilosal och omklädningsrum. Vi skyndar oss att få av oss kläderna. Befriande.

”Var har du pavan, Hendrika?” viskar Lena. ”Det är dags.”

”Visst, ja!” utropar Hendrika, som pratar fort och ivrigt. ”Den ligger i en kylpåse längst ned i min bag. Ett ögonblick.”

Vi har bestämt oss för att börja firandet med champagne. I bara mässingen alltså, eftersom vi aldrig har skålat med varandra nakna förut. Kul. Men vi måste smyga med det. Det är förbjudet att vara under fjorton på det här stället, och det är förbjudet att ta med sig alkohol. Allt för att det ska vara vilsamt och tyst.

Våra kroppar bildar en halvcirkel framför Hendrika som energiskt rotar i sin bag. ”Här!” säger hon. ”Här är den!” Och så rycker hon fram flaskan i en svepande båge, men när armen stannar (vi blir stela av fasa när vi inser vad som kommer att ske) … fortsätter flaskan. Krasch!

Ljud av flaska som klirras mot mosaik är inte roligt. Man riktigt hör hur hiskeligt många skärvor det blir, och hur de klyvs och sprider sig, likt en atombomb, över ofattbart stora ytor.

”Stå still!” väser Marie-Louise. ”Flytta inte fötterna.”

Harriet exploderar ut i ett nervöst fnitter. ”Tvärtom! Hihihi, vi måste, hihi, skynda oss att, hihihi, plocka upp.”

Och så slänger vi oss på alla fyra och plockar glasflisor för brinnande livet, nakna och hysteriska. Där jag som bäst kryper runt, en fingertopp har redan börjat blöda, stöter jag på ett par bruna fötter i sandaler. Jag stelnar till, låter blicken vandra uppåt och möter ett par iskalla ögon. Kvinnan bär vit rock och håller en sopkvast i handen. Hon ser muskulös ut, och jag sväljer. *”Pardon, madame. Qu'est-ce que c'est la vie sans champagne? (Ursäkta, madame. Vad vore livet utan champagne?)”* stammar jag.

Utan ett ord, hon förstår väl att det vore att kasta pärlor för svin, schasar hon oss därifrån och börjar sopa. Som vi skäms. Vi rycker åt oss våra pinaler och hastar ut i vilosalen.

På med blå badtofflor och badrock. Nyckel med nummerbricka i en gummisnudd runt fotleden. Schampo och balsamflaskor i en plastkasse, och sen ut. Ut till badet.

Hendrika är helt förkrossad och vi övriga är heller inte särskilt karska, men vi tröstar oss så gott det går. ”Glöm bara”, säger vi. ”Kris betyder utveckling.”

Badet är vackert med all mosaik på väggar och golv. Och så fuktigt och varmt att takfärgen nästan löddrar. Njutande små fransyskor svassar omkring i stringtrosor. Löjligt, tycker vi fryntliga nordbor. Vad är det för mening med kläder i en bastu? Är de pryda? Vi kastade minsann gladeligen in våra stora sloggitrosor i skåpet, så det så, skulle aldrig falla oss in att basta med dem.

Först duschar man och smörjer in sig med den svarta såpaktiga tvålen, så att man blir alldeles blank. Sedan ska man sitta i halvvärme (i mellanrummet) och låta tvålen verka, innan man går in i ångbastun, för att tvålen ska få verka ännu mer och lite till.

”Tjoho!” Det är snudd på omöjligt att se något i dimman. Risken är stor att man råkar sätta sig bredvid en okänd fransyska och börja språka. ”Är det du, Hendrika? Är det du som sitter där?” Eukalyptusaromen är som starkast i ångbastun. Bihålorna dräneras, porerna öppnas, stämbanden fuktas, ja man bevattnas nådigt, inifrån och ut. Fukt och värme, i rätt sammanhang, är det skönaste som finns tycker jag. Som att komma tillbaka till livmodern.

”Gud, vad jag är törstig”, stönar Harriet. ”Varför måste vi alltid glömma att ta med oss vatten?”

Det är sant. Fastän vi sitter i optimal fukt är det ju så att man avdunstar samtidigt. Alla gifter svettas ut och man blir grymt törstig. ”Jag går ut och köper några flaskor”, lovar Lena och pilar iväg. Vi nickar tacksamt. Ibland är vatten bättre än champagne.

En dusch och ännu en bastu innan det är dags att sätta sig i mellanrummet igen. På kö, för nu är det dags för skrubb! Damerna som skrubbar oss har råkoll på ordningen.

”Er tur, madame.”

Och så skrubbar hon så att cellerna ryker. Hon tar i så att död hud korvar sig i långa ormar över kroppen och jag blir lika fascinerad varje gång över att jag har gått omkring och burit på så mycket död hud, utan att veta om det.

Hon fortsätter med att hälla en hink ljummet vatten över mig, så att det äckliga hudlagret åker ned i golvbrunnen, innan hon börjar täcka mig med lera. Alger. Överallt, även i ansiktet.

Denna gegga ska man ha på sig i femton minuter och vi sitter hela gänget, på plastpallar, i en ring och roas över varandra.

”Ni ser ut som en grupp statyer av brons”, säger Lena.

”Just det”, skrattar Harriet. ”Vad heter han? Den där konstnären som gör statyer av kurviga kvinnor?”

”Botero”, säger Marie-Louise, som är den av oss som har lite bildning. Hon är sjuksköterska.

Ja, det är en konst, må jag säga, att vara insmord i kladdig lera och samtidigt hålla sig kvar på plastpallen. Lika svårt som det är för en blöt tvål att hålla sig kvar på porslin.

Leran kliar lite, men det är det värt.

"Känner mig mjuk som ett ollon", jublar Mia i duschen efteråt. Och vi andra håller med.

Det är snart dags för lunch, men först det viktigaste av allt. Massage.

Massöserna ropar upp oss i nummerordning, det numret som vi har på våra nyckelbrickor. På franska. Hjälp! De talar ju så fort! Nervöst sitter vi och rabblar våra respektive nummer som ett mantra. *Soixante-dix-neuf-soixante-dix-neuf-soixante-dix-neuf … (Sjuttionio, sjuttionio …)*

"S'il vous plaît. Soixante-dix-neuf! (Sjuttionio, varsågod!)" Jag rycker till. Min tur.

Mmmm. Oljan doftar underbart och hennes händer är starka och mjuka. Hon masserar även in min hårbotten med olja, men det får gå. Det är ju så skööööönt.

Lunchen är precis utanför dörrarna, alldeles intill entrén. Ljust och orientaliskt, med snirkliga mönster och kryddig doft. Vi sitter i våra badrockar, rosiga av skrubb och massage.

"Dagens lunch inklusive efterrätt, tack. Med rosévin."

Servitören är en svart man, så vacker att vi blir flammiga på halsen och får svårt att sitta still.

"Undrar om han tänker på att vi är nakna under badrocken", säger Mia beslöjat.

"Han gör nog allt för att förtränga det i så fall", svarar jag.

Vi får varsitt litet skrin med lock, en så kallad tangerine. Och när man öppnar locket möts man av ångande lammgryta. Den smakar himmelskt gott och vi äter under tystnad. Alla utom Lena som avskyr lamm.

”Hörde jag Skål?” säger hon och lyfter sitt glas.

Däremot älskar Lena de algeriska efterrätterna, olika varianter av nötter som badar i honung, vilket är olidligt sött för mig, men smaken är ju olika.

Servitören är i vilket fall som helst i allas smak. Vi turas om att flirta med honom, men han verkar inte märka det. Han kanske är van.

Lena plockar slutligen fram sin kamera (det gör hon alltid) och ber honom ta en bild av oss. *”Pas de quoi (Ingen orsak)”*, svarar han charmigt och ställer sig på en stol för att få bra perspektiv. Vi strålar i kapp mot honom där han ser på oss genom linsen. Hade han inte sett på oss förr, så såg han oss i alla fall nu. Klick!

Jag säger då det. Mitt album har otaliga foton från våra hammambesök genom åren.

Nu blir det ett till.

Och sedan är det bara att försöka återvända till livet igen. Några tar sig ett dopp i den iskalla mosaikpoolen för att sluta porerna, vilket aldrig skulle falla mig in. Jag är en riktig badkruka, och står för det. Hellre vidöppna porer än blåfruset skinn.

Vi tar en sista dusch där vi tvättar oljan ur håret innan vi fokuserar oss på den rituella avrundningen. En liten kopp sött te på färsk mynta.

Lojt halvligger vi i våra badrockar bland en massa dynor och kuddar i vilosalen. Teet är vackert serverat i silverkanna till små tunna koppar. Vi stormtrivs.

”Det här är vårt alldeles eget lilla harem”, mumlar Marie-Louise och gäspar.

”Utan shejk”, säger Harriet. ”Vilken lyx!”

Vi struntar i klockan, för dagen är vår. Efter ett tag har vi blivit så pigga av teet att vi kommer in på gamla minnen, varav fadäsen med champagneflaskan är ett. Vi skrattar så att det rungar mellan väggarna, då ursinniga damen med kvasten kommer och hyssjar på oss.

”Förutom alkohol var det förbjudet att vara under fjorton”, säger Lena. ”Och vad är vi?”

”Svenskor”, flinar jag.

”Just det. Det borde de lägga till på förbudsskylten. Förbjudet att ta in svenskor.”

Firandet fortsätter senare på restaurang **Le Perroquet vert** *(Gröna papegojan)* hemma i Montmartre. En anrik restaurang där bland annat Edith Piaf har tillbringat mången uppsluppen kväll, och där dekoren består av en massa papegojor.

Så rena vi kan bli, fräscha som nypon, sitter vi där och äter så det står härliga till. Alla, utom stackars Marie-Louise, för hon är tvungen att hålla sig hemma och vakta sitt larm!

Det har tydligen gått så långt, att det enda Nisse lyckas härma, är detta satans larm. Hur kul är det?

”Men vem ska vakta vad och vad ska vakta vem, undrar jag bara”, klagar jag. ”Det är ju absurt!”

”Nåja”, tröstar Harriet. ”Hon missar maten och hon missar oss. Men en sak har vi ändå gemensamt denna kväll.”

”Vadå?”

”Papegoja.”

■ KORSNINGEN RUE ANDROUET OCH RUE DES TROIS FRÈRES

Det hade inte varit meningen att leka ödet. Hon hade bara frågat ett par om de ville vara med och kyssas i reflektionen. Visst, hade de sagt. Gärna. Paret hade kramats och pussats, spegelvända. Efteråt förstod hon. De hade inte alls varit ihop innan. Hennes bild hade framkallat kärlek.

4 KYSSEN

Basta! Här äter man vad som bjuds. Antipasti, pizza och pasta, en av varje sort, och sen får man nöja sig med det. Jag och min man Olof, sitter på den pyttelilla restaurangen **Sale & Pepe**, som ligger på Montmartrebergets baksida. Man skulle kunna tro att Sale & Pepe står för Salt & Peppar, men det gör det inte. Det betyder bara att de italienska ägarna råkar heta så i förnamn.

Sale och Pepe, två bullriga herrar till fullblodsitalienare. Och alltid lika glada.

”Benvenuti!” ropar de (tvåstämmigt) när man kommer innanför dörren. Det känns som om man kommer hem till dem. Inte minst för att Sale och Pepe har planerat vad som ska ätas.

Det är ju precis som när man är bortbjuden på middag, menar jag. Man är deras gäst, inte deras kund. ”Mmm. Så gott det luktar!” säger man kanske. ”Vad blir det?” Man säger definitivt inte: ”Kan jag få se menyn, tack.” Vilket vore extremt oartigt.

En annan orsak till att det känns som hemma hos någon är att det är så litet. Ett rum för tolv, kanske femton personer, inte mer. Man blir en del av familjen.

Men bäst av allt är ändå att slippa välja. Det är bara att slå sig ned och låta sig serveras. Mama Mia! Vilket paradis för den trötte, säger jag bara, ett under för den velige och för den kräsne, ett säkert kort. För Sale och Pepe kan sitt italienska kök.

Olof och jag sitter inklämda i ett hörn, eftersom borden omkring oss har blivit hopfösta för ett stort sällskap på, för närvarande, åtta personer. Men en nionde stol gapar fortfarande tom.

”Undrar vilka de är”, säger Olof, som är en nyfiken man. ”Och vem de väntar på. De är så lika varandra på något vis.” Jag sneglar på gänget och smuttar på min kir. De är unga och trendiga, klädda i grått och svart. ”Ett gäng designers kanske”, gissar jag. ”Eller elever på konstskola. Har du sett så snygga silversmycken de har?”

En kall vind sveper över oss då dörren öppnas och en storvuxen kvinna stormar in.

”Corinne!” ropar gänget. *”Viens assieds-toi! (Kom och sätt dig!)”*

Varmed kvinnan pressar sig in mellan borden för att, som vi tror, sätta sig på den nionde stolen. Men inte då. Vi är ju i Frankrike, och då ska det kyssas på kind.

Olof ser förfärad ut. ”Du tror väl inte att den där Corinne tänker kyssa alla åtta?” viskar han. ”Vi får ju inte plats!”

Som en ångvält far hon fram. Det blir ett öronbedövande liv av glada hälsningsfraser och skrapande stolsben, eftersom alla måste resa sig för att ta emot sina kyssar. Och Olof måste huka sig för att inte bli mulad av hennes yppiga stuss.

”Om hon ändå kunde nöja sig med en kyss per person, eller två”, väser han. ”Varför fyra?”

Ja, varför?

Ibland är det två, ibland tre och ibland fyra. Det lär bero på var i Frankrike man kommer ifrån och hur man har blivit fostrad. En människa med klass bör kyssa ljudlöst och inte smacka med munnen, vilket anses mycket vulgärt. Och den som råkar lämna ett läppstiftsavtryck på någons kind är lämnad till råttorna. En sådan person anses vara helt utan kontroll. En fyllkaja. Själv tycker jag att det är en mardröm att gissa mig till hur många kyssar som gäller vid tillfälle för tillfälle. Det brukar ofta sluta med näskollision eller en oavsiktlig kyss på mun, vilket är genant.

Dessutom kysser de ju inte varandra, utan bara nästan. De kysser i luften, samtidigt som de mimar att de kysser på kind. Kanske är de rädda för baciller? Det är väl därför de inte tar i hand, som vi gör. Det är ju via handslag de flesta smittor förs vidare.

Nåja. Efter ett tag har emellertid jordskalvet lagt sig. Corinne sätter sig på den nionde stolen och beställer ett glas vitt vin. Vi andas ut. Allt är frid och fröjd. Snart är antipastin på vårt bord.

Grillade grönsaker, aubergine, zucchini och lök. Badande i olivolja och knaprigt bröd därtill.

”Hon är äldre än de andra”, påpekar Olof. ”Kanske deras lärare. Eller någons mamma.”

”Eller älskarinna”, flinar jag. ”Så yppig som hon är.”

Pepe kommer med förrätt till alla. Utom till Corinne.

”Hon bantar säkert”, viskar jag elakt och mumsar så att olivoljan rinner i mungipan. ”Helt förståeligt.”

Olof stirrar anklagande på mig. ”Vad menar du?” säger han. ”Hon är faktiskt väldigt attraktiv.”

Jag sväljer min tugga och fattar ingenting. Först klagade han på att hon tog plats, och sedan tvärvänder han. Vad är det med honom?

Plötsligt börjar det skrapa av stolsben igen. Ånej! Corinne ska gå! Varför? Hon kom ju nyss.

Och naturligtvis tar kysskalaset sin början igen, fyra kyssar på varje person, hela bordet runt.

Jag sneglar förbittrat på Olof, då jag till min förvåning upptäcker att han nästan sitter där och ser förälskad ut. Har han blivit galen?

När Corinne pressar sig förbi min stol drabbas jag av en sorts déjà vu. Stockholm 1987.

Det doftar Stockholm 1987! Samma passionerade sommar som Olof och jag träffades.

Men vad är det som doftar? Musk! Just det. Corinne bär exakt samma parfym som jag hade då. Förvirrat tittar jag ömsom på Olofs tindrande ögon, ömsom på kyssandet vid bordet bredvid. Doften! Jaså, det är det som de håller på med, fransmännen. De låtsas att de kysser varandra, men i själva verket luktar de! De luktar, registrerar, analyserar och förkunnar sin dom. Visst. Det har man ju hört, att det egentligen är doften man faller för när man väljer en partner, inte något annat, såsom yrke, uppförande eller utseende. Precis så enfaldiga är vi. Doften av den rätte. Bah! Svartsjukan börjar pyra i mig. Vad är det för ”doft av den rätte” om det bara handlar om simpel parfym? Det är ju fusk!

Corinne kysser och kysser och jag blänger surt. Det är så trångt att hon ideligen måste luta sin tunga barm över bordet för att nå fram. Då! (min skadeglädje är helt oförställd) … råkar hennes ena bröst hamna i någons tallrik. När hon reser sig upp hänger en stor lökring över tutten, drypandes i olja. Corinne skriker förfärat och en av hennes fjantiga kavaljerer gnuggar tafatt med en servett, så att fläcken blir än värre. Jag njuter. Så går det när man våpar sig och inte tar i hand, tänker jag. Lök på löken. Inte så kul.

■ RUE D'ORSEL

Numera försökte hon bara gå dit när hon verkligen behövde. Att vara stark och stå emot. Att hålla sig till inköpslistan och komma ihåg. Komma ihåg hur många hundratals meter som låg ihopvikta hemma i skåpen. Och som skrek efter att få bli det som hon hade lovat dem.

TVÄTTSTUGAN

5

Jag älskar doften, och ljudet av surrande tvättmaskiner. Det är så fridfullt att se hur folk sitter där utan att kunna göra något annat. Folk sitter och pratar, läser en bok eller bara glor. En liten paus i tillvaron med alldeles gott samvete, eftersom de vet att de trots allt presterar någonting.

De tvättar.

Ack, vädjar jag. Ack, om dessa ljuvliga tvätterier ändå hade funnits i Sverige!

Jag säger bara det, utveckling är inte odelat bra. Modernisering kan vara av ondo.

I Sverige har i stort sett varje hus sin egen tvättstuga, som de boende ansvarar för tillsammans. Stora fina tvättstugor med flera maskiner, centrifug, mangel, torktumlare och torkskåp. Mina franska väninnor brukar blir bleka av avund när de får se hur fint vi har.

"Snälla ni", säger jag. "Slappna av. Detta är ingenting att sträva efter, ni har det bäst som det är."

För vad brukar den svenska tvättstugan leda till? Alla som delar tvättstuga vet redan, men jag frågar ändå: Vad brukar den leda till? Jo, bråk! Slagsmål, gräl och tandagnisslan. Som slutar med att någon tvingas flytta. Eller, i lindrigare fall, så slutar det med att alla köper egen tvättmaskin. Vilket ju blir betydligt jobbigare, eftersom det inte går att tvätta all tvätt på en gång i en ynka liten maskin.

Som liten flicka minns jag med smärta de mörka stunder då min stackars mamma kom hulkande upp från tvättstugan. Hon hade blivit kränkt. Oftast av vår alkoholiserade finske vaktmästare, men även av så kallade goda grannar.

Jag har en väninna, Ingela, som är trettioåtta år och hårt yrkesarbetande, ensamstående mor. Dessutom är hon matte till två stora och krävande hundar. Som ni förstår så halkar hon inte fram på en räkmacka precis. Hennes liv är ingen dans på rosor. Men var tror ni det strös salt i hennes sår? Var tror ni hon går ur askan i elden? I tvättstugan såklart.

En gång hade hon råkat glömma en tom ICA-kasse utanför torkskåpet. På eftermiddagen finner hon kassen på sin ytterdörr, med en ilsken lapp bredvid. Där står:

”Vi förstår att det är svårt att åldras. Och att vara ensamstående mor med två hundar. Men för den skull ska inte vi behöva ta hand om din skit! Vem fan tror du att du är?”

En annan väninna jag har, Raquel, har just fyllt femtio. En kväll när hon kommer ner i tvättstugan hittar hon sin blöta tvätt i papperskorgen! Och tvättmaskinerna är fyllda med någon annans tvätt. Vem i hela friden är så fräck? Förtretad sätter hon sig i bakhåll och väntar in förbrytaren. Efter en halvtimme dyker det upp en ung man i gul träningsoverall. Raquel kastar sig över honom och skäller så att det står härliga till. Då påstår killen, iskallt, att det är Raquel som har snott hans tvättid. Raquel protesterar såklart. Vet ni vad killen svarar? ”Häll käften, kärring”, säger han. ”Om du inte var så jävla gammal skulle jag nita dig.” Synnerligen upprörande. Så nu begriper ni kanske varför jag är så förtjust i franska tvätterier.

Mitt *laverie (tvätteri)*, dit jag brukar gå alltså, ägs och styrs sedan femton år av en snäll iranier och hans gulliga fru. Han heter Mahmoud och brukar alltid plira bakom stora glasögon, där han smyger omkring i sin vita rock. Frun heter Mansoureh och brukar stå bakom disken och pressa och stryka. Hon har ovanligt vackra tänder, gräddvita och jämna. Om det inte hade varit för hennes blanka, rosa tandkött, hade jag trott att hon bar protes.

Eftersom jag inte är här så ofta är Mahmoud noga med att se till att jag centrifugerar korrekt.

”Utmed trumman”, manar han. ”Annars slits din tvätt i stycken.”

”Oui, merci (Ja, tack).”

Det är fridfullt på tvätteriet. Bara jag, Mahmoud och Mansoureh. De båda har sedan länge förstått att min franska är ytterst bristfällig, så vi pratar inte mycket. Tystnaden oss emellan känns behaglig och jag slår mig ned på bänken och slappnar av, blundar och låter tankarna sväva fritt. Vad ska jag äta till middag? Tänker jag bland annat. Revbensspjäll?

Plötsligt känner jag hur någon slår sig ned bredvid mig. Bänken är ganska kort, så det blir bredsida mot bredsida, kan man säga. Lår mot lår. Jag stelnar till och öppnar försiktigt ögonen. Åh, du milde. Mina ögon spärras upp på vid gavel. Vilka gudomliga lår!

Långsamt låter jag min blick vandra uppåt. Jeansshorts, delikat åtsmitande, vitt linne, smärt midja, sexpacksmage, bred bringa, muskulösa överarmar, axlar, kraftig hals, fyrkantig haka, skäggstubb, sensuell mun, lite uppnäsa, vackert formade ögonbryn, ögon, blå … nej, turkosa, som havet, azurblå heter det visst, samma färg som vattnet utanför Nice, men herregud, vad gör jag!

Som om jag fick en örfil slår jag ned blicken. Det hettar om kinderna. Vad är jag för en kvinna som sitter och stirrar in i en främlings ögon? Inte konstigt att han stirrade tillbaka.

Fy. Han måste ta mig för en galning. Jag vet inte varför, men jag glömde liksom bort att killen var en levande person. Han är för snygg för att vara sann, helt enkelt.

Som tagen ur en film, eller ur en reklamfilm. Stackare, tänker jag. Han är ett objekt. Och jag är bara en av alla andra snusktanter som förpestar hans liv. Som besudlar honom med blicken, så att han måste duscha flera gånger om dan. Jag skäms.

Som tur var finns alltid den lika glade och skämtsamme Mahmoud där.

"Vill du ha en dikt?" frågar han mig, så där utan vidare bara. "Jag kan skriva ner en om du vill." Jag ler lättat och drar åt mig mitt lår, lägger hela min tyngd på vänstra skinkan, allt för att inte nudda vid objektet. "Tack, gärna."

Om jag skulle försöka säga något till killen? tänker jag sen. Konversera lite, så att han förstår att jag minsann inte är som alla andra som … som vill sätta tänderna i honom. Som vill nafsa både här och där.

Just nu står objektet och trycker ut tvättmedel ur automaten. Utputande rumpa, blonda fjun på benen, kängor… Han kanske gillar att vandra? Tänker på naturen och sånt? Naturen är i alla fall ofarlig att prata om, som att prata om vädret. Men vad tusan heter tvättmedel på franska? Och miljö? Jag harklar mig och litar till min improvisationsförmåga.

"Excusez-moi, monsieur … (Ursäkta mig, min herre …)"

Han snurrar hastigt runt och stirrar på mig med sina azurblå. Jag håller på att dö. Smälta till en liten pöl. Vad sysslar jag med? Med darrig hand pekar jag på hans bägare, som är fylld till brädden med

■ RUE DES MARTYRS

Hon brukade alltid rodna. Men insåg samtidigt hur löjligt det var. Hade underbyxorna inte varit använda, skulle hon knappast tagit dem hit. Det fattade väl till och med en snygg kille.

giftgrönt tvättmedel, och frågar:

"Est-ce que c'est bon? Eh ... bon pour le milieu? (Är det gott? Eh ... gott för mitten?)"*

Han fortsätter att stirra på mig, med en sorts glasartad blick. Han verkar inte förstå.

"Bon", envisas jag och är oändligt generad över situationen. *"Bon pour le milieu?"*

Då får killen nog. Han skakar på huvudet, slår ut med händerna och fnyser. Sedan vänder han mig ryggen och sätter igång att fylla en maskin. Jag sneglar på hans breda ryggtavla och vet inte var jag ska bli av. Stackars objekt vad han måste råka ut, han måste ha ett helvete. Om jag ändå kunde sjunka genom jorden. Men min tvätt ska tumlas en bra stund till, så jag kan ju inte bara springa härifrån. Mahmoud räddar mig. "Här", flinar han och räcker mig ett papper. "En dikt."

Jag rycker åt mig dikten och brister ut i skratt. Obegripliga iranska tecken i svart tusch spretar över hela sidan. Mahmoud plirar.

"Jag tänkte att det kunde göra detsamma", säger han. "Iranska eller franska, du kan ju ingetdera." Sedan tar han tillbaka dikten och översätter:

"Vi är alla sprungna ur samma rot. Och alla har vi en liten bit av denna fantastiska rot inom oss. Om det gör ont i en av bitarna, ja då smärtar det i alla andra bitar också. Eftersom det ju är en och samma rot. Så den som stöter på någon som har ont, en tiggare eller en ensam, och inte känner av eller delar dennes smärta.

*Vad jag försökte säga var: *"Est-ce que c'est bon pour l'environnement? (Är det bra för miljön?)"*

Den vet man, är inte kommen ur samma rot."

Mahmoud tystnar och trycker högtidligt dikten i min hand. "Slit den med hälsan, madame."

Jag blir eftertänksam. Är jag kommen ur samma rot? Delar jag andras smärta? Känner jag empati? Jag ser hur objektet omsorgsfullt laddar ännu en maskin. Klart jag gör! Jag tycker ju till och med synd om en kille för att han är snygg! Ja, han är så snygg att han minsann borde få betala för det. Förmånsskatt.

Jag tömmer tumlaren och stuvar min tvättbag. Det är verkligen inte synd om den där killen, maler jag för mig själv. Inte det minsta. Det är mig det är synd om, faktiskt. Och det gör förbaskat ont!

Alltså är jag sprungen ur samma rot … Och därmed kan jag andas ut. Min skam är som bortblåst. Jag är mänsklig.

■ RUE STEINLEN

Hon var en samlare. Fast inte så mycket av ting som av händelser, känslor. Helst samlade hon på romantiska klichéer. Dessa sorterades sedan in i ett vackert litet album djupt inne i hennes hjärta.

6 JÄRNGÄNGET/SLASH/HJÄRNGÄNGET

Vi är kompisar sedan många år och kallar oss för järngänget, eftersom vi tillhör dem som alltid lämnar festen sist. Kort sagt: Vi orkar mycket. Och vi firar det mesta. På internationella kvinnodagen brukar vi fira någon manlig skådis som vi med rätta tycker bör hyllas. Kevin Costner, Antonio Banderas, Mel Gibson och Al Pacino … är några av dem som har blivit hedrade hittills. Då brukar vi grunda för kvällen med ett uppiggande järn, det vill säga dry martini, den säkraste av drinkar för att stå pall länge. Sedan klistrar vi ihop ett tjusigt collage av gemensamt samlade tidningsurklipp om honom. Och efter detta hårda arbete frossar vi. Helst i något vi inbillar oss är hedersmannens älsklingsrätt. Därefter sätter vi oss bekvämt tillrätta och tittar på honom (på video förstås) under vilda anmärkningar och tjut. Till slut har vi så kul med varandra att vi helt glömmer bort att titta på filmen, och lämnar hedersmannen åt sitt öde. Sånt är livet. Underbart.

Vi spelar tennis en gång i veckan, för att efteråt (i bastun) smida planer för nya projekt. Alltifrån att fira Björn Borgs födelsedag den sjätte juni till att åka på skidskola i Sälen, kombinerat med poesiafton framför brasan med rödtjut och ansiktsmask.

Så ljuvligt med traditioner! Vi har discobowling på hösten, picknick på våren, och så resorna förstås. Härliga är de resor vi har gjort … men heligast av dem alla är ändå, den årliga resan till Montmartre.

Redan i taxin mot Arlanda kläcker Lena denna resas jargong. Klockan är 05.10 och Lena och Mia sitter i baksätet medan jag sitter där fram. Jag vänder mig om och beundrar deras välsminkade ansikten.

”Väldigt vad ni är piffiga så här tidigt”, kraxar jag avundsjukt. ”Men det är lugnt. Jag har mitt smink i datorväskan.”

”På det viset”, kvittrar Lena. ”Datorväska/slash/necessär!”

Och så frustar vi av skratt, såsom tjejer gör när de blankögda av sömnbrist är på väg mot nya äventyr i gryningen.

”Så trevligt/slash/hysteriskt vi ska ha det”, hojtar Mia.

”Precis”, flinar jag. ”Äta gott/slash/svina.”

Damen vid incheckningen känner igen oss från tidigare resor. (Märkligt nog.)

”Nämen hej, är det ni!” utropar hon. ”Reser ni alltid tre?”

”Ja, speciellt när vi reser till Montmartre”, svarar Lena. ”Annars får man ingen taxi, du vet … /slash/skoskav.” Och så bryter vi ihop igen.

Det låter som ett skämt, men det är faktiskt sant! En fransk taxichaufför vägrar tjurigt att lämna ifrån sig framsätet, för framsätet är hans revir. Det är hans hem och hans kontor. Där har han sin matlåda, termos, cigaretter och en massa papper och pärmar. Ibland sitter hans oborstade jycke där, ibland hans fru. Och det är ju ganska sympatiskt på sätt och vis, men likväl förbaskat irriterande.

Jag menar, det är ju väldigt vanligt att man är fyra, eller hur? Två par som är ute och roar sig till exempel, eller en vanlig, hederlig kärnfamilj. Men se då är det lögn och förbannelse att få tag på en taxi! Det kvittar hur mycket man än krusar, vädjar, visar strupen och lägger sig på rygg. Man måste dela upp sig på två taxibilar, annars får det vara. Absurt, säger jag bara, idiotiskt och infantilt. Enda sättet att förklara detta löjliga fenomen är att rycka på axlarna, slå ut med händerna och himla med ögonen, samtidigt som man menande säger: "Frankrike."

För det säger ju allt.

På planet sitter vi sedan, vi tre, på rad och skrattar åt en stackars flygvärdinna. Hon är blek som ett lik och har håret i stram knut. Likt en vålnad flyter hon fram i gången, medan vi ogenerat följer henne med blicken. Hon kollar bälten och stänger bagageluckor, utan att röra en min i sitt vaxartade ansikte.

"Otäck typ", viskar Mia. "Undrar var hon har gömt piskan."

"Eller snaran", väser Lena. "Slash/strypsex."

"På tal om sex", mumlar jag, vimmelkantig av trötthet. "Jag måste sova."

"Järnbrist?" frågar Mia. "Ska jag beställa en draja?"

"Till frukost!"

"Förlåt", urskuldar sig Mia och fnittrar till. "Tillfällig hjärnbrist."

Flickorna erbjöd generöst fönsterplatsen åt mig, eftersom jag (som vanligt) är den som har sovit minst. Det är hårt att vara född till nattmänniska. Vi lär vara i majoritet, men vem bryr sig om det? Jag kurar ihop mig i hörnet, känner att jag behöver kudde och filt, och plingar därför på flygvärdinna/slash/sadisten.

"Pardon, je voudrais un courrier (Ursäkta, jag vill ha en post-

*gång).** Flygvärdinnan stirrar konstigt på mig. *"Et une couverture, s'il vous plaît (Och en filt, tack)"*, lägger jag till, och då fattar hon.

"Har du bettskenan inne?" undrar Mia omtänksamt.

"Självklart", sluddrar jag. "Har du tagit med dig din?"

"Absolut. Bettskena/slash/min bästa vän."

Mias bettskena är blå, medan min är genomskinlig, så vi riskerar inte att förväxla dem. Dessutom saknar min bettskena en fjärdedel av högra överkäken, eftersom jag råkade trampa på den en gång. Så förargligt. Denna trogna bettskena, som har följt mig i så många år. Jag är djupt beroende av den, och sist jag var hos tandläkaren bara skakade hon på huvudet och sa: "Ja, du får börja ha den på dan också!"

Våra bettskenor ligger i fina plastfodral. Mitt fodral är i gammelrosa medan Mias är gult/slash/fult. Hon är något bitter över att mitt fodral är så mycket snyggare än hennes och brukar ligga och mala om det strax innan vi ska somna. "Schlaffs-schlaffs", låter hon. "Schlaffs-schlaffs", låter jag tillbaka. Vi talar då det så kallade "bettskenespråket". Ett språk som utvecklas med tiden av pur och ihärdig vana. Och vi förstår varandra rörande väl. Lena likaså. Inte för att Lena har bettskena, utan för att hon sover i samma rum och har ett intelligent språköra.

Nej, Lena har snuttefilt istället. Ibland misstänker jag att den (en tunn och söndertvättad sidenscarf) är impregnerad med trolldom. Jag vet inte hur det går till, men det är samma under varje gång. Hur Lena piggt säger "god natt och sov gott" innan hon lägger den magiska filten/slash/skarfen över sina vackra ögon. Och så sover

*Vad jag försökte säga var: *"Pardon, je voudrais un coussin (Ursäkta, skulle jag kunna få en kudde?)"*

hon. På sekunden! Otroligt. Hur hon bär sig åt är för mig obegripligt. Jag fattar bara en sak: En sådan trygg kvinna som Lena behöver ingen bettskena/slash/sängkamrat/slash/napp. Hon behöver bara veta att hon har morgondagen i sin linda. Och det är synnerligen inspirerande.

■ RUE DES ABBESSES

Fem unga män i gröna overaller med reflexband stod andäktigt och lyssnade till en äldre, lika klädd. Som allvarligt förklarade vikten av att hålla en kvast på rätt sätt. Kvasten, en blåkullavariant i plast, lyste också signalgrönt. Så här, visade den allvarlige, och ... svisch åt höger och ... svisch åt vänster! Otroligt. Hon hade varit tvungen att gå fram och fråga. Jo, dessa unga män gick naturligtvis på Montmartres berömda gatusopareskola. Vilket förklarade en hel del.

style

7 SNIGELN OCH JAG

Jag stålsätter mig för att inte sitta som ett mähä och vela med menyn. I stället hastar jag nonchalant igenom matsedeln, innan jag rappt slår ihop den igen och söker kyparens blick. Här sitter en kvinna som vet vad gommen vill ha.

Ja, vill och vill. Det är inte helt lätt. Egentligen är jag sugen på anklever, men anklever finns inte som formule (en sådan där billig flerrättersmeny, ni vet) så det får vara. Det får bli en annan gång. För, som den tråkige brukar säga: Det finns ju en dag i morgon också!

Och hur kan man vara så säker på det då? Och vad är det som säger att i morgon skulle vara viktigare än nu? Vad jag retar mig på folk som lämnar festen just när det är som trevligast och gläfser: ”Det finns ju en dag i morgon också.” Inte sällan brukar detta förnumstiga beteende mynna ut i att resten av festsällskapet får dåligt samvete, sneglar på klockan och på varandra. ”Ja … vi kanske också borde bryta upp?” Och så är festen slut.

Usch och fy skäms, säger jag bara. Sådana glädjedödare borde inte få lämna sin säng.

Jag sitter alltså alldeles för mig själv på en restaurang i Montmartre och filosoferar.

Kyparen, en blek man med högt hårfäste och svart kavaj, ler ömt mot mig.

Kanske har han en fru som han aldrig utsätter för att behöva gå ensam på restaurang, kanske har han en vuxen frånskild dotter eller en ensam änkling till mor, vem vet? Han visar i alla fall med all önskvärd tydlighet att jag behöver stöd. Ensam kvinna på restaurang. Så tragiskt.

Restaurangen heter **Wepler** och föddes på Place de Clichy år 1892.

"Vem var Wepler?" frågar jag.

"Wepler är ett namn från östra Frankrike", svarar kyparen. *"Vous savez, l'est de la France (Som ni vet, östra Frankrike)."*

Jag försöker se östra Frankrike framför mig, men kan inte se annat än Tyskland. Är inte Wepler ett tyskt namn dessutom?

"Oui", svarar jag artigt. *"L'est de la France."*

Inredningen är i dov aprikos, medan belysningen lindrigt sagt är grov. Gigantiska klasar av lampor i taket, tillsammans med en stjärnhimmel av spotlights och en och annan strålkastare som stolt belyser hötorgskonst, samtidigt som spretiga lyktstolpar (med lika stora klasar som i taket) lyser upp underifrån. Herregud. Inga rynkor går till spillo. På Wepler kommer man då till sin fulla rätt.

Kyparna ser ut som pingviner i sina svarta långbyxor och svart väst över vit skjorta och vitt förkläde. Bedårande!

Men varför har då "min" kypare bara kavaj? Har han högre status än de andra? Han tog upp min beställning, medan pingvinerna serverar. Är det detta som avgör? Är det finare att ta upp beställning än att servera?

Plötsligt krossas ett glas mot det sandvita stengolvet. Jag tar fördomsfullt för givet att en hukande pingvin ska städa upp, men där misstar jag mig. Kavajen! Min fina kypare ilar iväg efter skyffeln. Och sopar. Jag förstår ärligt talat inte deras hierarki.

Havets fräna sälta friskar upp mitt vidöppna svalg. Jag nästan ryser av välbehag. Ostron.

På Wepler bör man äta ostron och stora platåer med *fruits de mer (havets frukter)*. Gigantiska fat på en hög ställning av stål, med ett berg av skaldjur som ligger på krossad is. Läckert.

Fast sådan lyx beställer man bara in om man är två och det är ju inte jag, så jag får nöja mig med några ostron. Och kyckling i curry. Och ost såklart.

Bredvid mig sitter ett medelålders par som förmodligen har känt varandra ganska länge med tanke på att hans skjorta matchar hennes violetta dräkt. Hon är på romantiskt humör (blanka ögon, rosiga kinder, rödflammig hals och lutande kropp) och han är bara hungrig. Stackars dam och *c'est la vie (sånt är livet)*, tänker jag luttrat. Förväntning mynnar ofta ut i katastrof.

Men mannen beställde in en *plateau de fruits de mer (ett fat med havets frukter)* i alla fall, så än finns det hopp för den ivriga lilla kvinnan i violett.

Bruna ögon i lokalen fångar för ett intensivt ögonblick upp mina gröna och jag rycker till. Vem var det? Det är knappt att jag vågar titta upp och riskera att möta blicken igen, men jag måste. Jag måste se vad det är för en fräck typ, som på anrika restaurang Wepler öppet sitter och flirtar med en ensam kvinna som jag. Jag sneglar försiktigt och blir snart full i skratt.

Killen är ung, strax över tjugo. Han är blek, svettig och fet. Och han har en bordsdam. Sin mamma! En sådan liten valp.

Mitt kycklingspett i curry är inte dumt alls, men jag måste erkänna att grannarnas plateau ser härlig ut, rentav förförisk. Mannen sörplar och stönar om vartannat, medan kvinnan mest tittar på. Vad hon måste älska honom! Ett spinkigt ben från en räka dinglar i hans mustasch, men hon bryr sig inte. Kärleken är blind.

Plötsligt råkar jag av misstag möta valpens brinnande ögon igen och jag blir irriterad. Vad håller egentligen fjanten på med? Driver han med mig? Eller anser han sig ha rätt att sitta och stirra ut en kvinna, bara för att hon inte har sällskap? Vilket svin.

Jag säger då bara det, att om denne lille skabbiga valp så mycket som dristar sig till att närma sig mitt bord ska jag tvärt resa mig upp och säga: *"J'espère que vous n'êtes pas fâchée, mais j'ai besoin de vomir (Jag hoppas att ni inte tar illa upp, men jag behöver kräkas)"* … och sen skulle jag rusa till toaletten.

Idiot. Han skulle bara veta hur fel han har. Jag har ju hur kul som helst. Framför allt är jag överraskad över hur stimulerad man kan bli med sig själv. Varför gör jag inte detta oftare? Så många andra, min man, mina barn, mina kompisar, går ofta på restaurang med mig. Men hur ofta unnar jag mig själv?

I stort sett aldrig. Varför? Är det för att jag är rädd för att få tråkigt? Det skulle i så fall innebära att jag tycker att jag är tråkig och det vore inte kul. Vilken tråkig sak att veta om sig själv, menar jag. Och varför skulle man då vilja utsätta andra stackare för att möta denna tråkiga person?

Ärligt talat: Finns det någon människa på jorden som kan säga om sig själv "Jag har ingen humor"? Skulle inte tro det.

Man kan erkänna att man har dålig smak, att man inte kan laga mat eller lider av obefintligt bollsinne. Men humor! Det har man. Var och en vet vi vad som är roligast. Var och en har den bästa humorn, alltså borde man i rimlighetens namn ha roligast med sig själv. Där satt den! Skål, Anna-Lena! Detta måste vi göra oftare.

Mina grannar i violett har snart glufsat i sig hela sin plateau. Hon har slutat för länge sedan och han har lugnat ned sig. De konverserar avslappnat medan hans korviga fingrar förstrött plockar bland sniglarna. Vi har att göra med en oral person. Denne man är en sådan man som sitter och smånafsar långt efter att han är mätt. Kan tyckas omoraliskt och dekadent av många, men jag tilltalas faktiskt. Orala människor är glupska på mer än mat.

Till min stora förvåning ser jag samtidigt något som jag inte trodde kunde hända. En liten havssnigel! Det är sant! En liten snigel har vaknat ur sin koma från kylrum och krossad is, ser sina polare bli systematiskt söndermalda i ett mörkt hål under en stor mustasch och bestämmer sig omgående för att fly. Jag tittar storögt på det lilla snigelhuvudet med långa spröt till öron. Så gullig.

Snigeln pumpar sig fram så fort den bara kan, över plateaukanten, ut på stålställningen och är på väg att åka rutschkana ned för dess ben, när ... jag skriker nästan högt ... när snigeln fångas upp av korvfingrarna och äts upp. Åt fanders med orala personer!

Valpen fixerar åter min blick och jag stirrar rasande tillbaka, förtvivlad över den lilla snigelns grymma öde. Vad hade hänt om snigeln hade klarat sig, ned på den vita duken, ned på golvet? Han hade nog dött i alla fall. Fast långsammare. Montmartre är långt från havet.

■ RUE DES TROIS FRÈRES

Hon hade genast känt igen den från drömmen. Den där hon var smal och vacker och framgångsrik. Åh, som hon ville ha klänningen. Fast hon var för tjock. Och den för dyr.

HOTEL

8 DALIDA

När jag har besök brukar jag högtidligt föra mina gäster till Dalidas grav. Av någon anledning tycker jag att det är min plikt att upplysa dem, att ge dem samma upplevelse som jag fick. Nämligen känslan av att ha upptäckt en skatt. Dalida!

Hur kan hon ha gått mig förbi? Hur kan någon vara så in i helvete stor, utan att märkas?

Ja, det måste erkännas. Innan jag skaffade min lya i Montmartre, och hamnade bredvid denna kyrkogård, hade jag inte den ringaste aning om Dalidas existens.

”Kom”, sade Katrin, min tyska väninna, som har bott i Montmartre i femton år. ”Kom, så ska jag visa dig Dalidas grav.”

”Förlåt? Dalida? Vem är det?”

Katrin bleknade. ”Vet du inte vem Dalida är! Hon är ju gigantisk! Vet du verkligen inte?”

”Nej”, svarade jag med högburet huvud, eftersom jag aldrig har stuckit under stol med min ringa bildning. ”Så visa mig då.”

Denna gång är det jag som stolt visar, och mina gäster, Mia och Lena, följer artigt med.

Cimetière de Montmartre är stillsammare än vanligt. Solen steker, kullerstenarna blänker och fåglarna håller tyst. Vi promenerar långsamt. Det fina med kyrkogården är att man kan slappna av.

Man behöver inte nervöst se efter var man sätter fötterna hela tiden för att inte riskera att trampa i hundbajs. Rastning av hundar är nämligen förbjudet här. Skönt. Katter finns förvisso, men katter har ju vett att gräva ned skiten.

Vi går under bron och närmar oss så sakta Dalida.

"Borde vi inte ha med oss någonting?" viskar Lena. "En blomma åtminstone."

"Jo, kanske", svarar jag. "Fast hon brukar få så många. Huvudsaken är ju att vi tar oss hit."

"Det", kraxar Mia, "skiter väl Dalida i, som ändå har gått runt hörnet, ser tulpanen från löken och har slutat röka."

Jag blänger argt på henne. "Det är inte läge att skämta nu, Mia."

Hon ser lite stött ut. "Vadå? Hade inte Dalida humor?"

Jag blir ställd. Hade Dalida humor? Det är ju sånt man inte vet! Vad vet vi om Dalida egentligen? Mer än att hon sjöng med sensuellt hes, lite arabiskinfluerad röst. Och att hon var Europas discodrottning nummer ett på sjuttiotalet.

Vad vet vi, mer än att hon från början hette Yolanda Gigliotti och var en späd liten italienska som växte upp i Kairo. Hennes stora dröm var att bli filmstjärna. Så därför, när hon fyllde tjugotvå, lämnade hon allt, tog sitt pick och pack och flög hit. Hon var mörk och vacker, full av kraft och framtidstro. Det är i stort sett allt vi vet.

Vi stannar framför hennes grav och hälsar vördnadsfullt på henne, där hon drottninglik står som guldstaty. Jag studerar hennes rena drag. Vem var hon? Målmedvetet, bit för bit och dag för dag, knåpade hon på myten om sig själv. Så det är klart att det är svårt att veta vem hon var! En myt är ju en myt för att det är en myt, liksom. Och en myt har ofta många namn:

Madonna. Den etruskiska Gudinnan. The Golden Lady ... i sitt gyllene hår (hon blonderade sig med tiden), guldlaméklänning och, sägs det, ett hjärta av guld.

Men vem fick uppleva det hjärtat? Hade hon någon annan kärlek än publiken?

Med tanke på vad hon lyckades göra under sina tjugofem år inom showbiz, har jag svårt att tro det. Hon har inte haft tid, helt enkelt. Hon kan inte ens ha haft tid att ta hand om en krukväxt.

Graven är en enorm koloss av ett stort stycke svart marmor, och den är signerad "Poulin", samma efternamn som Amelie hade i filmen "Amelie från Montmartre", samma efternamn som många fransmän har. Poulin är nämligen lika vanligt som Svensson.

Vi inspekterar graven noga. I guld är texten graverad. *Dalida nous a quitésle 3 mai 1987 (Dalida lämnade oss den tredje maj 1987).* Så konstigt det ser ut. Det där lilla s:et som är inklämt mellan é och le ... Men, jisses då!

Att jag inte har sett det förut. Stenhuggaren, Monsieur Poulin måste ha gjort fel! Stackare.

Först har han huggit ut hela jättegraven i ett stycke, med pelare och fond och gud vet allt. Putsat och filat och fått ont i ryggen. Och sist, som pricken över i och grädden på moset, har han glatt fräst in texten. Som blev fel. Vilken katastrof. Jag kan föreställa mig hur snacket gick. Hur Monsieur Poulin transpirerar när han försöker släta över det hela.

"Pas de problème (Inga problem). Jag fixar det på studs. Ingen kommer att märka något."

Men tyvärr, Monsieur Poulin. Du hade fel igen. Det syns.

Vi ser oss omkring och konstaterar att vi minsann inte är de enda som hälsar på. Många har varit här före oss, bland annat en italienare. Antagligen har han bott på hotell när han fick detta plötsliga infall, och förmodligen hade han bråttom. Han har skrivit en snirklig text på sin dator, printat ut den, och sedan klämt in den i ett hårt fodral av genomskinlig plast, som han utan tvekan har snott! Ett sådant där fodral som står på hotellrummet med texten "No smoking, please".

Italienaren har skrivit: "Du är för oss lika odödlig som dina vackra och sorgsna sånger, ditt charmiga leende och din heta, lockande röst. Tack, Dalida!"

Undertecknat Gianni – Milano.

Ja, nog var (och är) hon älskad alltid. Dalida, som inte hade man eller barn, men som hade ett passionerat förhållande med sin publik. Hon är den enda kvinnan genom tiderna som har lyckats fylla Palais des Sports i Paris, i hela tre veckor i sträck. Va! Det är ju rena rama Rolling Stones!

Hon har spelat in 1 000 låtar, på sju olika språk. Hinkat in massvis av guldskivor och sålt långt över hundra miljoner plattor. Jag blir alldeles matt.

"Men", undrar Mia och Lena. "Vad var det för låtar hon sjöng? Känner vi till någon."

"O ja", svarar jag. "Till exempel: *'J'attendrai (Jag väntar på dig)'.*"

"Va? … nej, den känner vi inte till. Hur låter den?"

Och så nynnar jag låten för dem. "Aha!" utropar de. "Är det den! Visst, den har vi hört förr."

Himlen är blå och jag tittar upp mot berget. Där uppe ligger Dalidas hus, som en stor fästning lurar det över Montmartre. Busslaster av turister lassas dit varje dag, bara för att få en glimt av hennes port. Några gator längre ner står en byst av Dalida på ett litet torg som kallas Dalidaplatsen. Jag drar ett djupt andetag.

Plötsligt känns det som om alla har vetat om henne hela tiden … alla utom jag.

Hon är dessutom gränslöst avgudad i Egypten och Libanon, där hon kallas ”peace-singer”, eftersom hennes låt ”Salma ya salama” gick varm i samtliga radiokanaler samma dag som president Sadat besökte Israel.

Och många andra låtar, som sedan har kopierats av andra artister över hela världen, började faktiskt hos henne. ”Besame mucho”, ”Ciao ciao bambina”, ”Lambeth walk”, ”Soleil-soleil” … ja, listan är oändlig. Dalida är oändligt stor.

Vi ser oss nyfiket omkring och klämmer oss igenom ett hav av gula blommor för att kunna se hur det ser ut bakom graven. Där står en lång rad hälsningar från trogna fans, ofta smäck och kitsch. En pressad ros i en plastklump med texten ”En ros för varje dag”. En stor not i glittrigt guld. Och en rosa plakett med texten ”En enda varelse försvinner – och jorden känns utplånad”.

Dalida slog Frank Sinatras försäljningsrekord med ”Strangers in the night” och hon sjöng in en sexig duett ”Paroles, paroles” med undersköne skådisen Alain Delon.

Hon agerade i långfilmer, medverkade i teve och hade ständiga konserter jorden runt.

Var hon lycklig då? Jag blir beklämd när jag tänker på det.

Hon hade visserligen sin lillebror Orlando vid sin sida hela tiden (det är han som förvarar alla hennes tjusiga klänningar nu). Men, gissar jag, för övrigt måste hon ha varit väldigt ensam. Det är bara att föreställa sig! Hur hon bodde i detta jättehus, med utsikt över hela Paris. Hur hon hade en jättepublik och en jättesuccé. Men innerst inne var hon var ju bara den lilla drömmerskan Yolanda Gigliotti från Kairo.

Det kanske inte är meningen att alla ens drömmar ska förverkligas? För vad finns då kvar? Med smärta ser jag för mitt inre hur hon står där i strålkastarljuset och tar emot publikens åskdundrande applåder, för att sedan gå hem till sitt stora ödsliga hus. Hur hon sitter där, tom och sliten, utan kontakt med sina innersta drömmar längre, utan kontakt med sin själ ... och röker cigaretter. Rothmans, den ena efter den andra, trött men oförmögen att sova.

För hur kan man gå och lägga sig och känna frid, efter att ha mött tusentals fans några timmar tidigare? Att lägga sig i en tom, kall säng. Ingen varm arm att ligga på, ingen glad hund som möter en i dörren, inget sömnigt barn att få krama god natt. Inget berg av tvätt att ta om hand.

Ingen att äta kvällsmat med, ingen som säger ”sov gott, älskling”...

En stjärna. Alla trodde såklart att Dalida måste vara den lyckligaste på jorden, som var så rik och vacker, som hade lyckats med allt hon företagit sig. Men det var hon inte. Hon orkade inte le och hålla fanan högt längre. Hon kanske kände sig som ett skal, en myt, en bluff.

Var finns jag? kanske hon frågade sig. Vart tog den lilla tuffa flickan från Kairo vägen?

Till slut fick hon nog.

Den tredje maj 1987 valde hon att, som det heter, dra ner ridån. Fimpade sin sista Rothmans och gick till sängs. För alltid. Hon blev femtiofem.

Jag tittar på Mias och Lenas allvarliga ansikten och tänker att de inte kommer att se mycket äldre ut när de är femtiofem än vad de gör nu. Men när jag var liten tyckte jag att femtiofem var gammalt. Ha! Det är väl då livet ska vara som bäst? Det är då man har kommit i mål med det mesta, vågar skita i de flesta och därför har så mycket roligt kvar. Stackars Dalida.

Några år senare genomfördes en fransk enkät: Vad har berört dig mest?

Etta blev general Charles de Gaulle. Tvåa kom Dalidas ensamma död. Och efter henne kom alla andra; Jean-Paul den andra, Moder Térésa och så vidare. Ja, det är sorgligt. Jag tänker på hur olika livet kan te sig. Maj 1987. Vad gjorde jag själv under den tiden?

Jo, det var ju den lyckligaste tiden i mitt liv! För det var då jag träffade Olof, min man.

Jag levde i ett lyckorus, sorglöst ovetande om att en Dalida gick omkring och var bottenlöst olycklig i Montmartre. Jag tittar på mina kära väninnor och måste harkla mig av rörelse. ”Vad gjorde ni i maj -87?”

Lena och Mia räknar på fingrarna och tänker efter. Efter ett tag skiner de upp.

”Oh”, strålar Lena. ”Jag var nyförlovad och hade tappat fyra kilo.”

”Och jag”, säger Mia, ”glömmer aldrig hur jag äntligen hade råd att köpa min första Gucciväska!”

Ja, lyckan är relativ.

EROTISK AFTON PÅ PIGALLE 9

"Såsen var godast", säger Mia och gnuggar händerna av förtjusning.

"Fast pilgrimsmusslor är aldrig fel", infaller Lena.

"Liksom min varma getostsallad", säger jag. "Så gott att håret reste sig."

Vi är på väg mot Pigalle, mätta och nöjda, efter att ha intagit en brakmiddag på restaurang **Un Zèbre à Montmartre**. Kaffe på maten har vi för avsikt att dricka på **Bar des 2 Moulins** *(de två möllorna/väderkvarnarna)*, caféet där Amelie Poulin jobbade i filmen "Amelie från Montmartre". Den här resan har vi fått för oss att satsa på lite kultur.

Först ska vi alltså besöka ett av filmhistoriens mest berömda caféer, och sedan ska vi gå på konsert. Vår kompis Katrin har tipsat oss om **La Cigale**, ett ställe som just nu kör den makalösa föreställningen "Stomp". En rytmshow som lär vara något i hästväg. Hur de lyckas göra slagverkssessioner på sina egna kroppar, med tändsticksaskar, sugrör, kvastar, ja det mesta. Efter ett ha upplevt den föreställningen kan man inte sitta still på flera dar, påstår Katrin. Själv tänker hon däremot sitta still med sin familj denna afton, och ha mysig hemmakväll, så hon hänger inte med.

Det är rökigt och stimmigt på caféet och för inte så länge sedan, då det fortfarande hade kvar sin *tabac (tobakshörna),* brukade en kö av nikotinhungrande fransmän ringla sig långt ut på gatan. Fransmän är bra konstiga. Sprit kan man få tag på i stort sett var som helst, dygnet runt, men inte cigaretter. Ändå är det ju så många som röker här! Och landet genomsyras dessutom av en anda som säger att allt som sätter guldkant på tillvaron ska vara lättillgängligt.

Mat, vin, musik, dans, blommor och erotik. Men inte cigaretter.

Nej, cigaretter får bara säljas i särskilda tobaksstånd, och på söndagar krävs detektivarbete. Då gäller det för den inbitne rökaren att känna till gömmorna. Eller att ha kontakter, typ en bartender som illegalt har stuvat undan några askar under disken. Denna asketiska tobakshantering lär vara en sed som sitter i sedan kriget. Landet bestämde då att de fattiga änkorna skulle få monopol på cigarettförsäljningen, för att inte behöva hamna på gatan.

Och på den vägen är det, fastän tiderna förändras.

I ”Amelie från Montmartre” var det heller ingen fattig änka som stod bakom tobaksdisken, utan bara en snörvlig hypokondriker till kvinna som blev flammig på halsen vid minsta vindpust.

Vi beställer vårt kaffe, lutar oss mot bardisken och suger in miljön.

”Ser ni toaletten där?” frågar jag och pekar mot hörnet. ”Ni minns vad som hände, va?”

”Självklart”, flinar Lena, ”Håll hårt i koppen, för snart skakar det!”

Med ett inre leende minns jag filmscenen. Hur den manlige stamgästen tryckte upp hypokondrikerkvinnan mot toalettdörren och satte på. Hur de bar sig åt som djur! Deras okontrollerade vrål och stön skar genom luften, ut till caféet. Och snälla Amelie, som sprutade med espressomaskinen för att försöka dränka ljudet, men förgäves. Stenarna var redan i rullning, så att säga. Glas och flaskor skallrade på hyllorna, ja det var rena rama jordbävningen tills explosionen kom. ”Aaaaaaaaiiiiioooohaargh!!!” ... jädrans bra film.

Jag vänder mig mot tjejerna, som har något fuktigt i blicken. ”Vad säger ni? Konsert?”

Det snålblåser på Pigalle och vi småspringer där vi letar efter La Cigale.

”Här någonstans ska det ligga”, säger jag när vi har passerat **Moulin Rouge** för andra gången. Vi är på Place Pigalle. På andra sidan torget flödar rosa neon från det berömda transvestitshowstället **Folie's Pigalle**. Av någon anledning har Montmartre blivit ett populärt tillhåll för transvestiter (ofta kommer de från Brasilien), men man upptäcker dem inte i första taget, eftersom de är så vackra. Och med det menar jag att de verkligen är vackra, långt mer kvinnliga än vanliga kvinnor, så man tror bara att de är ovanligt vackra kvinnor! Vi har några manliga bekanta som en gång lät sig luras av två sådana skönheter. Glada i hågen smusslade de in skönheterna på sina hotellrum för en natt i synd. Och nog blev det synd om dem alltid.

Denna händelse är något de inte gärna pratar om idag, men jag lovar. Det är lätt hänt.

”Kolla!” ropar Mia och tvärnitar framför ett skyltfönster. ”Vilken fåtölj!”

Hänfört studerar vi underverket, detalj efter detalj. Stolen är klädd i mjuk plysch och är alldeles normal, om det inte hade varit för propellern. Vi vet inte om vi ska skratta eller gråta. Mitt emellan stolens framben sitter en slags propeller där bladen består av stora rosa tungor! Och på höger sida om stolen sitter en vev, så att man kan få propellern att rotera med varierande hastighet.

”Va!” tjuter Lena. ”Tänk er att sitta i den stolen. Hur ska man hålla benen? Det går ju inte att hålla ihop dem precis.”

”Nej, det är väl inte meningen heller”, mumlar jag och läser skylten ovanför fönstret.

Le Musée de l'Érotisme. Så spännande. Är det någonstans, resonerar jag, man ska ha ett erotiskt museum så är det på Pigalle, för det var ju här allting började.

Under mitten av 1800-talet byggdes en mur runt Paris. Inte för att stänga inne befolkningen, utan för att få in avgifter från dem som kom utifrån. Vad händer? Jo, Montmartre, det största av bergen i utkanten av Paris, hamnade utanför muren! Och alla de fattiga, konstnärer och artister, glädjeflickor, gårdfarihandlare och resande teatersällskap hamnade, av naturliga skäl, också där. För ingen hade ju råd att ta sig in.

Kort sagt: Allt det roliga, slödder och annat löst folk, hamnade i Montmartre. Och det är väl därför jag trivs.

Blygt kliver vi innanför glasdörrarna, där öppettider och entrépris för vuxen eller student står prydligt tryckt som på vilket museum som helst. Elegant belysta montrar skyltar med smycken som kan bäras både här och där. ”Verkar seriöst det här”, viskar Mia.

Vi inser snart att museet är gediget, flera våningar högt. Men hur blev det med vår konsert, egentligen? ”De har öppet ända till två i natt”, säger jag, ”så om vi vill hit, kan vi ju komma tillbaka senare.”

Vi skyndar åter fram och tillbaka på Pigalle, men ser inte till något La Cigale.

”Fast det kanske är skit samma”, säger Mia och huttrar till i blåsten. ”Vi har ju ändå inga biljetter.”

Men jag är envis. Ska vi ha kultur så ska vi. Det ordnar sig säkert med biljetter, bara vi hittar dit. Vi hamnar snart utanför ett sjabbigt café som heter **Aux Noctambules**. Det är relativt fullsatt och musik blandat med rök sipprar ut genom dörrspringan. ”Kan vi inte gå in och fråga efter vägen åtminstone?” klagar Mia. ”Och ta något att dricka”, säger Lena.

Jag fogar mig. Vi blev nog lite dästa efter den bastanta måltiden trots allt, och kunde behöva något uppiggande. En dry martini, kanske? Drinken som kan väcka en död.

Bartendern bakom disken har fullt upp. Han ser ut att kunna sitt jobb ut i fingerspetsarna, ändå är jag misstänksam. Ingen i detta belevade land, och då har jag försökt ofta, har hitintills förstått hur man blandar en dry martini! Oftast får man bara ett glas torr vermouth av märket Martini. Det är för mig helt obegripligt. Har de inte sett James Bond? Är det för att de envisas med att dubba alla filmer de ser?

”Tre dry martini tack”, beställer jag och tar sedan sats för att beskriva hur han ska bära sig åt, men bartendern förekommer mig. ”Jag vet”, säger han malligt, ”dry martini, jag vet.”

Vi sätter oss vid ett bord och slappnar av. I innersta hörnet står en farbror som ser ut som en grekisk servitör och sjunger chansons. En torr gubbe ackompanjerar honom på synt.

Ljudanläggningen är usel och det är inte njutbart det minsta. Likväl är bordet bredvid oss fullsatt av entusiastiska killar i artonårsåldern. Vad gör de på en sådan här gubbig sylta?

Killen närmast mig har tovig dreadlock-frisyr och ser snäll ut.

”Ursäkta”, frågar jag. ”Men väntar ni på något?”

”Nej”, svarar han och pekar mot den sjungande farbrorn. ”Vi är här för att lyssna på Jack Liber.”

Jag blir förvånad. Får liksom inte ihop killens dreadlocks med den gammalmodiga musiken.

"Och sen", fortsätter han och ler varmt med bruna ögon, "kommer en sångare till. Det är toppen."

Vi får våra så kallade dry martinis i stora dricksglas, sugrör, is och citron. Värdelöst.

"Tio euro styck", skålar Lena. "Så njut för helvete!"

"Häv i er dem", manar jag. "Vi ska ju på konsert sen."

"Vadå konsert sen?" undrar Mia. "Vi är ju på konsert nu!"

Jag fnyser. Kallar hon detta för konsert? Men sen ser jag att det inte är den sjungande farbrorn hon tittar på, utan på dreadlocksen! Hon blinkar menande mot mig och säger "Pling-pling".

"Förlåt?"

Mia nickar åt killens håll, himlar med ögonen och upprepar: "Han är en pling-pling, vilket betyder söt. Väldigt söt är en pling-plong och en plong-plong är underskön."

Lena, som är mera insatt i Mias språk än vad jag är, flabbar rått.

"Lägg av Mia. Han är för ung för dig." Varpå Mia rycker på axlarna och säger:

"Det får gå. Jag är inte kräsen."

En kall vind slår emot oss när ytterdörren öppnas och vi tittar unisont dit, såsom man nyfiket gör när nya människor kommer in i en lokal. Som två tuppar spatserar de fram mot disken. Fyrtornet och Släpvagnen, Helan och Halvan, Skönheten och Odjuret, Knoll och Tott, Spara och Slösa ... Det är omöjligt att beskriva dessa bisarra män. Den ene är mycket kort, medan den andre är av medellängd. Den korte har rosa skjorta under sidenkavaj och fotsid rock. Han påminner starkt om Dudley Moore med barnsligt ansikte till fönat, fluffigt hår. Den andre har brunrutig bilförsäljarkavaj till Robin Hood-frisyr och lagervis med påsar under ögonen.

Hjälp! Till vår fasa märker vi hur de sneglar mot vårt bord.

"Ert fel", väser jag till Lena och Mia. "Måste ni vara så förbaskat blonda?"

"Åh nej!" piper Lena och sjunker djupare ned i stolen. "De kommer hit!"

Innan vi hinner säga flaska står de och flinar vid vårt bord.

"Får vi bjuda damerna på varsin drink?"

Vi tvekar först, men sedan tänker vi på hur dyra våra dry martinis var och ändrar oss.

"Oui, merci. Avec grand plaisir (Ja, tack. Gärna)."

Mia reser sig för att gå på toaletten, varpå Lena och jag bryskt trycker henne ned igen.

"Sitt!" varnar vi henne. "Du reser dig inte förrän drinkarna står på bordet."

Det är inte alltid så lätt för en kort man att mäta sig med mina långa väninnor. Och lite finkänslighet kan hur som helst aldrig skada. Inte om man vill ha gratis drink.

Plötsligt ringer min mobil, och i andra änden finns en rastlös Katrin. "Hur har ni det?" undrar hon. "Har ni kul?"

"Mycket. Hur är din myskväll?"

Jag riktigt hör hur frustrerad hon är. Hennes tyska brytning förstärks alltid då.

"Myskväll, ha! Jag lagade en kylinarisk måltid åt dem och sen skylle vi titta på en thriller, men vad händer? Jo, hela familjen somnar i soffan, ytom jag! Och thrillern är jätteläskig, jag vågar inte se den själv. Var är ni?"

Tjugo minuter senare sitter en lättad Katrin vid vårt bord och en annan sångare, Pierre Carré, har intagit scenen i en grällt tomatröd kostym. Vi fnissar roat. Med sitt korpsvarta hår ser han ut som en blandning av Elvis och Jokkmokks-Jokke. Killarna vid bordet bredvid är emellertid entusiastiska och applåderar hejvilt efter varje låt. Märkligt.

Dudley Moore-typen och bilförsäljaren försöker konversera med oss, men förgäves.

För som vanligt pratar vi bara med varandra.

”Kolla in baskersnubbarna vid bardisken”, skrattar Mia och syftar på två bleka medelålders män i varsin klassiskt fransk basker. ”Haha! Så patetiskt!” … varvid snubbarna sveper förbi vårt bord och säger ”Ta det lugnt, tjejer”. På bred Örebrodialekt. Så pinsamt.

Vi svenskar lever farligt ibland. Man ska inte tro att man kan vräka ur sig vad som helst, bara för att man har ett litet språk, bara för att man råkar vara utomlands. Som när jag, för längesen (någon gång på 1900-talet) var i Berlin och satt med en kompis på café. Elakt kommenterade jag kvinnan vid bordet bredvid. Hon hade en sorts byxdress i flummig sammet. ”Ser ju ut som en fjantig pyjamas”, sade jag till kompisen.

”Tack för den du!” snäste kvinnan oväntat tillbaka, på stockholmska. ”Och du är fet!”

Vilket jag faktiskt var. Inte kul.

Klockan tickar och tiden går. Innan vi vet ordet av är hon kvart i två.

Bilförsäljarkavajen står för tillfället på scenen och försöker få vår uppmärksamhet genom att sjunga ”My way”. Men vi tittar inte åt honom, hur mycket han än sneglar åt vårt håll.

De unga, söta killarna vid bordet bredvid reser sig för att gå. "Vill ni hänga med och spela biljard?" frågar de. Vi studsar till. Biljard? Vi? Var?

Då visar det sig att grabbarna ska ut i förorten och det har vi sannerligen inte lust med, vi är för gamla för sånt. Men Mia som gärna vill titta på sin pling-pling ett litet tag till, säger:

"Vi ska på erotiskt museum. Vill ni hänga med?" ... och det ville de.

Ute på gatan blir stackars Katrin stoppad av en slibbig typ som vill ha med henne i sin show.

"Madame har så stora bröst! Så sexig! Kom!"

Katrin blir ursinnig och börjar skälla på tyska."Du kleines widerliches Schwein! Lass mich BLOSS zufrieden!!!"

Och sen springer hon ikapp vårt lilla gäng. "Aldrig i livet att jag skulle gå här själv när det är mörkt", frustar hon och spottar framför sig. "Jag mår illa."

Erotiska museet. Grabbarna tvekar när de blir varse inträdesavgiften och jag blir lite rörd över deras valpiga tafatthet. "Varsågoda", säger jag generöst och känner mig med ens väldigt moderlig och vuxen. "Jag bjuder."

Våning upp och våning ner. Jag måste säga att tråkigare museum får man leta efter. Inramade bilder från 1900-talets början på mulliga kvinnor och mustaschprydda nakna män. Statyer från medeltiden och dildos i trä. Grabbarna smyger däremot andlöst omkring och betraktar foton, bilder och föremål med största allvar. "Hm", hummar de lite då och då och nickar med huvudet, som om de betraktade tavlor av Picasso eller lyssnade på en Tranströmer-dikt.

Då slår det mig att detta måste vara första gången någonsin som

■ PLACE PIGALLE

Ville man sitta nära honom kostade drickat ännu mer. De två ganska söta kvinnorna verkade inte bry sig om det. En var ung, den andra något kring fyrtio. De satt där varje natt när han sjöng. Vid samma bord, på samma klibbiga galonklädda bänk. Ibland var de alldeles ensamma med honom. Och trånade. Och hade överseende med att rösten ibland inte riktig höll. Han var ju ... lite äldre.

■ BOULEVARD ROCHECHOUART

Det var de vackra som väckte lusten, alla andra fick vackert tillfredsställa den.

dessa fjuniga grabbar från förorten besöker ett museum. Så gulligt.

En av Dalidas mest kända låtar spelas upp i mitt huvud *"Il venait d'avoir dix-huit ans (Han hade nyss fyllt arton år). Vacker som ett barn och kraftig som en man."*

Ja, någon gång måste ju vara den första, filosoferar jag sen. Och detta museum är bättre än inget alls. Grabbarna lär sig åtminstone hur ett museum ser ut från insidan.

Min blick fastnar plötsligt på en dildo av snidat trä som är så hiskeligt stor att jag ryser, och det enda jag lyckas klämma fram när jag pekar på den är "Ajajaj!"

Fy. Den är så stor som Ricky Bruchs arm. En sak är säker. Erotiken lär inte ha varit så mycket mjukare förr.

Den kyliga luften utanför känns uppfriskande efter museidammet, och killarna bockar och tar i hand innan de lämnar oss till vårt öde. "Tack", säger de artigt och väluppfostrat. "Det var mycket, mycket intressant."

Ja, tänker jag, när jag betraktar deras lufsande gång på väg bort. Det finns hopp om ungdomen. Och kvällen börjar lida mot sitt slut. Vårt kulturbehov blev mättat med både museum och konsert, så det så.

Snett över Place Pigalle finns en liten "butik" där man kan gå in och bikta sig för en katolsk präst, vilket är väldigt omtänksamt av kyrkan. Att ha en station på Pigalle, menar jag. Men vi känner inget behov av det just nu. Museet var alldeles för tråkigt.

Vi promenerar hemåt och ganska snart är vi överens om att det enda intressanta med museet var propellerstolen i skyltfönstret. Och då behöver man faktiskt inte gå in där, för då har man ju redan sett vad som finns att se.

”Fast vet ni vad?” säger Mia och ser klurig ut.
”Nej?”
”Jag kände på tungorna. De var våta.”

■ RUE ANDRÉ ANTOINE

I hemlighet beundrade hon bohemerna. Nog levde de med en annan tideräkning. En hel dag, enligt hennes tidsbegrepp, kunde gå åt till att de läste några sidor i Marcel Prousts ”På spaning efter den tid som flytt”. Vilket de säkert behövde. Medan hon ibland försökte att suga på varje timme två gånger.

10 PÅ CAFÉ

Tisdagseftermiddag. På golvet framför bardisken ligger högvis med slängda fimpar. Varenda pelare är täckt av speglar och inredningen går i lila och orange. I hörnet precis till vänster om ingången står ett blinkande flipperspel. Små runda cafébord är jämnt utspridda i lokalen och utmed väggen. Längre in finns ett fönsterlöst utrymme. Där är borden stora och rektangulära och sittplatserna består av bruna soffor i galon.

Ett bullrigt sorl ligger som en matta i caféet. De är tre män, en i skinnjacka, en i pullover och den tredje i kavaj, som diskuterar. De ser väldigt viktiga ut, och markerar varje ord med en yvig gest.

Utanför ingången står Maurice, den lokala pajasen och sjunger chansons. Han har en röd minibuss parkerad bakom sig, fullklistrad med nöjesaffischer från sin storhetstid.

Vid ett av cafébordenn sitter en storbystad kvinna i trettioårsåldern och pluggar bilteori. Hon smuttar på en *café crème (kaffe med mjölk)* och bryr sig inte om att hon får skum på överläppen.

Två spetiga tanter med stora öronclips och hårt målade ögonbryn står vid bardisken och dricker likör. Den ena bär illgrön kavaj till korpsvart svinryggsfrisyr, den andra bär chockrosa till rödfärgat krull. De gullar med en gläfsig terrier och sjunger med i Maurices chanson.

■ RUE DES ABBESSES

Hon brukade ofta sitta ensam på café. Flirthungrig, redo att möta världen. Men då kom förstås aldrig någon fram. Däremot, när hon satt där fullt upptagen med viktigt tjejfnitter, infann de sig genast och svansade.

Bartendern har litet huvud på lång och kraftig hals, som en giraff. Just nu visslar han och putsar på zinkdisken. Dessa invanda rörelser har han gjort tusentals gånger förut. En elegant herre i beige manchesterkostym och välputsade skor, kommer in på caféet. Han släntrar fram till disken och skakar vant hand med giraffen. *"Ça va? (Hur står det till?)"*

Bartender nummer två, en man i vit skjorta med svart fjädermönster, håller just på att ladda en espressomaskin. Han bär pråliga smycken runt fingrar, handled och hals. För övrigt ser han mycket sliten ut.

Flipperspelet skramlar borta i hörnet, där en rödbrusig man i råttfärgad hästsvans spelar som om det gällde hans liv. En sammanbiten kvinna i poplinkappa och runda glasögon kommer in och skyndar bort till ett av de stora borden. Tungt sjunker hon ned på en av sofforna. Hon kliar sig i sitt feta hår och ser ut som en utarbetad bibliotekarie.

Det sitter redan ett ganska grått par vid bordet bakom henne. De dricker öl, röker cigaretter och glor. Enda gången de pratar med varandra är när någon vill ha eld på sin cigarett.

Den bystiga bilteorikvinnan lägger några mynt på bordet innan hon reser sig och går därifrån. Hennes kjol är så kort att den flätade caféstolen har etsat röda märken på hennes lår. I dörren möts hon av en gammal farbror i basker, smårutig överrock och käpp. Han slår sig klumpigt ned nära baren, tänder en pipa och beställer en pastis. Sedan vecklar han ut sin Figaro och börjar läsa. Espressomaskinen fräser och fjäderskjortan serverar de tre viktiga männen, som blir allt mer högljudda. Det låter som om de pratar världspolitik, men de gör det inte. I själva verket diskuterar de var man billigast kan tvätta sin bil. Bredvid dem har just en vacker ung kvinna ställt sig, men viktiga gänget tar ingen notis. De har snart rökt tio cigaretter var och tänker röka tio till.

Tanterna med terriern beställer ännu en omgång och har nu övergått till att dansa i stället för att sjunga. De dansar så att fimparna på golvet yr omkring. Giraffen är snart där och sopar.

Den vackra kvinnan ser av någon anledning olycklig ut. Hon möter sina beslöjade ögon i en av spegelpelarna. De lila neonslingorna i taket speglar sig i hennes hår.

Viktiga gänget beställer ännu några öl, medan killen vid flipperspelet lufsar därifrån. Giraffen torkar av bilteorikvinnans bord, och Maurice därutanför, gapar *"non, je ne regrette rien (jag ångrar ingenting)"*.

En kille i duffel puffar upp dörren med sitt knä. Han släpar på tunga matkassar och har en baguette i armhålan. *"Bonjour, Jean-Paul! (Goddag, Jean-Paul!)"* hälsar honom fjäderskjortan. *"Un coca? (En cola?)"*

Giraffen övergår till att putsa den surrande kylen av glas. Lampan därinne, som lyser upp några dallriga efterrätter, blinkar olycksbådande. Han ser ut att fundera över om han ska byta ut den, men låter bli. Killen i duffeln halsar sin cola på stående fot och hastar sedan ut igen. Bibliotekarien har fortfarande inte beställt något och ingen frågar heller efter det. Hon verkar ha suttit där förut.

En mörkhårig kvinna i sina bästa år sitter strategiskt, med ryggen mot väggen och har överblick över alltihop. Hennes näsborrar vidgar sig ibland, som om hon njöt av passiv rökning. Framför sig har hon ett anteckningsblock och en halvdrucken Perrier. Just nu sitter hon och skriver om ett typiskt franskt café. Sig själv beskriver hon i tredje person. Hon verkar trivas med det.

■ PORTE DE CLIGNANCOURT

Hon behövde bara tänka på ordet LOPPOR och det kliade i håret. Men när hon tänkte LOPPMARKNAD började det alltid klia i hela kroppen. Av längtan att få rota i forna liv.

11 ROMANTIK PÅ KULLEN

Montmartre är ett berg som är som gjort för romantik om man är på rätt humör. Det räcker i stort sett att bara vara här så faller bitarna på plats av sig själva. Fast det är klart, det hänger ju på att man är två förstås. Och att båda befinner sig någorlunda på samma plan, så att det inte går som det gick för min kompis Mona.

Hon har ganska nyligen flyttat till Montmartre med sin familj, eftersom hennes man, Sebastian, har fått arbete här. Och eftersom han är en hårt arbetande man som reser mycket, har de inte kunnat träffas på tu man hand en enda gång sedan de flyttade hit. Mona har lidit svåra kval över detta och klagat högt, men denna kväll ska det äntligen ske! Barnen övernattar hos kompisar och natten är ännu ett oskrivet blad.

Mona är taggad. Ansade ögonbryn, rakad under armarna och finklädd inifrån och ut, vilket innebär att hon dessutom bär delikata underkläder. Hon köpte ett matchande set i en liten butik som heter **Nuits Bleues**. En svindyr butik, men ganska oemotståndlig ifall man är en svag person, vilket Mona dessvärre är. Ett pinsamt hål gnagdes i hennes börs vid detta impulsinköp, men hon ångrar sig inte. Nej, varenda spänn var det värt, tycker hon, att få känna sig såhär ljuvligt kvinnlig. Silke, spets och taft i läcker pistasch.

Hon känner sig som en inslagen pralin, redo att ätas efter att omsorgsfullt ha valts ut och vecklats fram. Hon är salig vid tanken. Det var ju så längesen.

Hur Sebastian och hon ska sitta mittemot varandra och drunkna i varandras ögon.

Hur de ska turas om att ge varandra söta komplimanger och mysa över att de har stått ut med varandra i så många år. Hur de värmer sig med gamla minnen och planerar nya fräscha projekt (vad de ska göra när de blir pensionärer till exempel).

Det är varm augustikväll, så de har bokat bord utomhus.

Så härligt att kunna gå ut i nätt klänning med tunna axelband, utan att behöva ta med sig en kofta "ifall att", utan att behöva trycka ned ett par nödstrumpbyxor i handväskan.

Hemma i Sverige skulle detta vara otänkbart, konstaterar hon, för där vet man ju aldrig.

Precis så illa är det!

I Frankrike kan man ha otur med vädret, medan man i Sverige kan ha tur. Vad är att föredra? Lite otur någon enstaka gång, mot att drälla omkring och vänta på tur?

Restaurang **La Rughetta**, en italiensk restaurang på en de trevligaste gatorna i Montmartre.

Borden på trottoarserveringen är fullsatta av sorlande människor, och bland dem ilar kyparen omkring med stora fat med varierande bruschettas, en sorts bruschettasmörrebröd, kan man säga. Himlen är svart och luften smekande ljum. Mona trivs som en kossa på grönbete, när hon smeker sin makes hand.

"Vad är du sugen på, Sebastian? Pastarätten som är för minst två?"

Sebastian är djupt försjunken i menyn och svarar inte.

”Hallå? Vad är du sugen på? Pasta?”

”Det är derby i kväll”, mumlar han förstrött. ”Djurgården–AIK.”

”Va? Vad har det med pasta att göra?”

”Ingenting. Jag sa bara att det är Djurgården–AIK i kväll.”

En lätt rysning löper längs Monas ryggrad. Fotboll tillhör inte hennes favoriter vad gäller samtalsämnen.

”Jag är sugen på kött”, säger Sebastian plötsligt och slår ihop sin meny. ”En god köttbit och sparris skulle sitta fint.”

Mona blir lite besviken. Det hade varit så romantiskt att välja en rätt för två. Men, nej, nu ska hon inte vara sån. Klart att karln ska få biff om han vill ha biff. Själv tänker hon äta pasta med skaldjur i alla fall, det är romantiskt.

”Jaha”, ler hon. ”Det är ju tur att det är kalv på menyn då, och inte entrecote, för då vet du hur det brukar bli.”

Sebastian brukar alltid beställa genomstekt biff, eftersom han har lärt sig att ”medium” i Frankrike ofta innebär rå. Vad han däremot inte har lärt sig, är att franska slaktare styckar köttet tvärtom. Här styckas köttet för att ätas rått. Och om man då steker det för hårt, drar fibrerna ihop sig och köttet förvandlas till skosula.

”Men bruschettas vill du väl ha ändå?” fortsätter Mona, ”som förrätt.”

Sebastian tittar på klockan. Av någon anledning ser det ut som om han räknar efter.

”Nej”, svarar han. ”Så hungrig är jag inte. En kalvfilé räcker.”

Det hettar till i hennes kinder när hon drabbas av en gruvlig misstanke.

”Vad är det med dig?” frågar hon hätskt. ”Du kan ändå inte se matchen på fransk teve.”

Han skruvar på sig, samtidigt som han försöker se avslappnad ut.
"Jag vet", säger han mjukt. "Men man kan höra den på Internet."
"Du kan väl ändå inte mena", flämtar hon, "att du tänker slänga i dig biffen, i stort sett svälja den hel, bara för att hinna ... för att ..."
Här avbryter han henne genom att gripa hennes hand och le sitt charmigaste leende.
"Självklart inte", skrattar han. "Vi ska ha vår kväll, precis som vi har bestämt. Det är bara det att jag hade glömt bort att det var match, inget annat."
"Okej."

De får in sin mat, som smakar gudomligt. Mona äter så långsamt hon bara kan, dels för att hon vill njuta så länge som möjligt, dels för att få tiden att stå still.
Sebastian gör precis tvärtom. Han äter som om han aldrig hade ätit förr. I ett nafs är filén borta. Hans tallrik skiner blank, som om den var diskad eller avslickad av en hund.
Mona börjar känna att kvällen är på väg att balla ur. Detta var inte alls vad hon hade föreställt sig. Hon vill ju att de ska prata och ha kul! Att kvällen ska vara lång och underbar. Hon vill att han ska säga att hon blir vackrare för varje dag som går (eftersom hon inte själv tycker det, skulle det vara väldigt upplyftande att höra det från någon annan).
Hon vill att de promenerar hand i hand på de glänsande kullerstenarna, njutandes av att titta på varandra i gatlyktans sken. Att de tar en yster barrunda på väg upp mot toppen, och landar i en kyss framför utsikten vid Sacré-Cœur. Suck. Tänk om ingenting blir av.

Sebastian, som är en man med intuition, känner tack och lov av Monas ruvande melankoli.

"Vi kan väl ta in en ostbricka!" säger han glatt. "För två."

Likt ett barn som tappat sin glass, men som till sin stora förvåning får en ny, skiner hon upp.

"Ja, så mysigt!"

Äntligen ser hon sin chans till romantiskt samtal. Ostbrickan är väl tilltagen, så de har gott om tid. "Här ser det ju göörgött ut!" gläfser en gäll röst som skär genom luften, en kniv som sticks in. Ånej! Ett helt gäng göteborgare är på väg mot deras restaurang.

Och Mona som trodde att de skulle få babbla i fred. Det är ju det som är så härligt med Frankrike. Det finns ingen risk att bli förstådd.

Instinktivt tittar Mona och Sebastian ned i bordsduken. Som tur är, är de mörka båda två. Göteborgarna kanske inte ser att de är svenskar. Ilskan kokar i Mona. Vad har de här att göra, tänker hon. Inte för att hon har något emot göteborgare, men hon trodde att göteborgare föredrog London. Och naturligtvis hamnar hela gänget vid bordet bredvid.

Mona och Sebastian äter under tystnad och de äter fort.

"L'addition, s'il vous plaît (Notan, tack)", viskar Sebastian till kyparen och så gör de sig beredda att gå. Tusan också.

När de skyndar därifrån, märker Mona att Sebastian drar i kopplet. Han är på väg hem, inte upp mot kullen. "Vart är du på väg?" frågar hon syrligt.

"Hem", svarar han och ser oskyldig ut. "Var annars?"

Mona lägger band på sig för att inte brusa upp.

"Vi skulle ju ha en helkväll! Kom. Jag ska visa dig något."

Och så släpar hon honom till en liten park som ligger på **Place**

des Abbesses, där det finns en **kärleksmur** med orden ”jag älskar dig” skrivna på all världens språk.

”Gulligt, va?”

”Kanske det”, svarar han. ”Fast de borde ha en strålkastare. Man ser ju ingenting.”

Sedan släpar hon honom vidare, uppför de vackra trapporna, vilket är ansträngande om man har usel kondis.

”Ja, man behöver då inte gå på gym när man bor i Montmartre”, flåsar Mona tappert.

”Vart är vi på väg?” stånkar Sebastian.

”Mot toppen!”

Mona hör hur Sebastian suckar frustrerat och därmed ger hon upp. Allt känns plötsligt så fel.

”Vad är det?” frågar hon.

”Jag är kissnödig.”

”Du vill hem, va?”

”Ja!” Han slår vädjande ut med armarna. ”Vadå? Det är väl romantiskt?”

Väl hemma tar det inte många minuter innan han kopplar upp sig med sin dator. Ljudet av fotbollsmatch känns som en hammare mot Monas trumhinna, en accelererande ångest snurrar i henne, och hon känner att hon måste göra något radikalt för att inte implodera. ”Jag går och lägger mig”, säger hon sammanbitet.

”Jasså? Är du redan trött?”

”Ja.”

Vad skulle hon säga? Jag är inte trött, jag är bara så in i helvete sur!

Och inte ser han hennes delikata underkläder heller. Hon kan ju

■ RUE MONT CENIS

På något konstigt sätt såg hon mycket bättre när det var mörkt. Deras kärlek, till exempel, strålade alltid ljusare på en nattpromenad.

inte ställa sig framför honom och peka precis, för då skulle Sebastian bara säga: ”Vad kostade kalaset?” … Och hon skulle hellre dö än att erkänna det.

Mona kryper moloket ned mellan lakanen, och jag lider med henne när jag ser henne framför mig. Stackars lilla kvinna, som ännu inte har förstått. Det är en konst som är svidande svår, visst är den, men den är absolut nödvändig att lära sig om man vill överleva i denna karga värld. Som Ingrid Bergman sa:

”Det är en stor konst att kunna vänta. Men ännu större är konsten att inte vänta sig något.”

■ SQUARE WILLETTE

Hon hatälskade den smaklöst vackra byggnaden. Men under alla dessa år hade hon aldrig gått in. Och var säker på att även Gud höll sig borta så mycket han kunde. För varför skulle han vilja bo i ett hus byggt till minne av ett massmord?

12 MONTMARTRES CASANOVA

Det pratas om honom på bageriet och det pratas om honom hos slaktaren.

”Boken är tjock som en tegelsten”, säger slaktarfrun och skakar på huvudet. ”Man kan knappast tro att det är sant.”

”Min man tror att han ljuger”, säger en rultig dam i hatt och pekar på en rökt skinka. ”Tunna skivor, tack.”

Jag blir nyfiken. Vem pratar de om?

”En snubbe som har skrivit en roman om sina tvåtusenniohundrafemtiosju kvinnor”, fnyser en ung tjej i röd halsduk. Hon tar emot ett paket *steak haché (köttfärs)*. ”Fy, så äckligt.”

”Och han bor här i Montmartre”, tillägger slaktarfrun varnande. ”Så passa dig.”

Naturligtvis blir mitt nästa ärende en bokhandel, för denna bok måste jag få se med egna ögon innan jag kan tro det. Och om det visar sig vara så, tänker jag sedan, att han bor i Montmartre, så är det absolut nödvändigt att träffa honom!

Jodå. Boken existerar. *”2957 Femmes (2957 Kvinnor)”* av Patrick Ledrappier.

Jag bläddrar i den. Han har dedicerat den till ”Alla de kvinnor som sade nej”. Varför? För att de ska ångra sig? Jag måste få veta, tänker jag sedan. Hur i all världen kan en man ha haft så många kvinnor! Och hur kan han komma ihåg allihop?

Några dagar senare har jag lyckats med min föresats. Jag ska ha ett *rendezvous (en träff)* med Patrick Ledrappier, Casanovan i Montmartre. Inte hemma hos honom såklart, utan på café.

Och för säkerhets skull tar jag med mig min kompis Katrin också, som tolk, förkläde och skyddsnät. Jag är ju en gift kvinna och vågar inte utsätta mig för denne man utan vidare. Tänk om han kommer att försöka något? Tänk om han är så skicklig att jag faller? Det skulle vara katastrof.

Café **Le Bruant** (döpt efter Aristide Bruant, Montmartres nöjespappa). Vi har bestämt möte klockan två och Katrin och jag är punktligt på plats. Vi småpratar nervöst med varandra. Tänk om han är vrålsnygg? Om han knockar oss båda två?

Själva har vi minsann inte ansträngt oss det minsta för att se attraktiva ut. Jag bär stora hiphop-brallor till kängor och har fett hår. Katrin bär en urtvättad kofta till slitna jeans. Vi beställer varsitt glas vitt vin den tidiga timmen till trots.

”Han är sen”, säger Katrin spänt. ”Är det ett av hans tricks, tror du?”

”Verkar sjukt i så fall”, svarar jag och ser mig omkring. Caféet är klassiskt gammeldags inrett med mörkt möblemang och glänsande bar. Men på bortre väggen hänger, som bjärt kontrast, en stor videoskärm som visar hypermoderna MTV, där glada ungdomar med bara magar studsar omkring. Jag tittar på klockan. ”Akademisk kvart, kanske?”

I baren sitter en grovbarkad transvestit med håret samlat i en hög knut. Hon måste vara minst sjuttio och är föredömligt klädd, i randig tantklänning och lågklackade skor. Så ovanligt.

Klockan hinner bli halv tre. "Han har glömt bort oss", mumlar Katrin surt. "Ska vi ringa?"

"Absolut."

Som tur var svarar han. "Vi sitter och väntar här", säger Katrin milt. Ingen nyans i hennes röst avslöjar att hon är stött. "När kommer du?"

Patrick svarar att han trodde att vi hade bestämt klockan tre, och inte två. Och han verkar enfaldigt nog tro att vi går på hans lilla lögn. Fast det gör vi inte. Vi är bara artiga. "Ingen fara", kvittrar Katrin. "Vi väntar."

Tjugo minuter senare kommer han instörtandes. Han är blöt i håret (fick väl slänga sig i duschen kan jag tänka) och oklanderlig i grå kostym och vinröd sidenskjorta. Han är blek, mager och tunnhårig. *"Pardon"*, säger han urskuldande. *"Cela ne m'est jamais arrivé avant (Detta har aldrig hänt mig förut)."*

Det där har han sagt många gånger förut, tänker jag elakt … när han inte får upp den.

Och så sjunker han ned i en stol och beställer en kanna te. "Jag dricker aldrig vin på dan", säger han och syftar på våra glas. "Man blir så slapp då."

Vi flinar generat och jag blänger på Katrin, som har lovat att sköta snacket. Hon harklar sig.

"Ja", säger hon trevande. "Vi har hört talas om din bok och undrar helt enkelt vem du är." Varpå Patrick omedelbart plockar upp några böcker och en reklamfolder ur sin portfölj.

Vi ögnar igenom foldern. Där står, som inledning, att Patrick är en sprängexplosiv cocktail med en fläkt av James Bond, en antydan av Frank Sinatra och en gnutta Casanova.

"Fast Casanova var en liten skojare jämfört med mig", ler han.

”Casanova hade bara 132 kvinnor.”

Katrin och jag sneglar förstulet på varandra. Driver han med oss? Han ser ju så oansenlig ut, nästan blyg. Det stämmer inte överens med detta skrävlande.

”En sann förförare ska vara utan status, okänd och ful”, fortsätter han. ”För det är då det är en sport, och det är då man kan göra en kvinna riktigt lycklig, eftersom kvinnor innerst inne avskyr vackra män.”

Katrin och jag fattar först ingenting, vi har då aldrig haft något emot tjusiga män, men begriper vad han menar när han poängterar att en kvinna vill vara vackrast. Hon ska inte behöva konkurrera med sin man. Då nickar vi tankfullt. Patrick verkar faktiskt veta vad han pratar om.

”Tvåtusenniohundrafemtiosju kvinnor”, börjar Katrin nyfiket.

”Ja, på tjugo år”, avbryter Patrick. ”Efter att boken skrevs har jag såklart hunnit med fler.”

Och så tittar han i fjärran och ser drömmande ut när han berättar. Det hela startade när han som tolvåring blev förförd av sin lärares tjugofemåriga flickvän. Och det var en sådan hissnande upplevelse att han skrev dagbok om det, och följden därav blev att han ville ha mer. Han började systematiskt att samla på kvinnor som han sedan analyserade i sin dagbok. Vad vill en kvinna ha? Vilka är knepen? Hur förför man en kvinna som inte vill?

Jag lyssnar fascinerat och erinrar mig ett citat av Mae West: ”Om man för dagbok kommer den en dag att styra ens liv.” Plötsligt märker jag att Patrick iakttar mina händer.

”Varför bär du silverringen på höger långfinger?” frågar han överrumplande.

”Hur så?

"Jo", menar han. "Det avslöjar att du är osäker och otillfredsställd. Om du hade burit den på höger tumme istället, hade du signalerat att du är sexuellt omättlig och fri."

Vad svarar man på sånt?

"Jaha", sluddrar jag bara och vrider på min ring. "Det var intressant."

Katrin tar till orda.

"Du började när du var tolv, säger du, och pratar sen om en tjugoårsperiod ... men du är ju lika gammal som vi ... jag menar, det stämmer inte riktigt i tid. Det är ett glapp någonstans."

Patrick skrattar bittert och slår ut med händerna. Han bär minsann inga ringar själv, konstaterar jag krasst, medan jag med ett halvt öra lyssnar på hans orerande. Försiktig typ, alltså.

Till min stora fasa hör jag plötsligt hur Patrick har mage att sitta och säga att han gifte sig för att han var rädd för att få aids! Och att dessa år var de värsta åren i hans liv, ett helvetes glapp. Det vänder sig i magen. Stackars hans fru, som blev vald på sådan grund. Hon var inte hans älskade, hon var bara ett sorts vaccin, en karantän. Så fruktansvärt oromantiskt.

Och om han är rädd för aids, tänker jag sedan och blir än mer illamående, använder han förmodligen inte kondom heller. Undrar hur många bebisar han har, utan att veta om det.

"Jaså", säger Katrin och snörper lätt på munnen. "Vilken av kvinnorna i boken är din fru?"

"VAR min fru", säger han strävt. "Vi är skilda nu, och ligger i vårdnadstvist."

Och sedan berättar han sorgset att frun var kvinna nummer tvåtusenniohundrafemtioåtta.

Han berättar att hon är rasande på hans bok, och att hon tycker att en sådan sjuk man som han inte bör få ta hand om deras son.

Vi ser på honom med blandade känslor när han tar en klunk av sitt te, hur han darrar lätt på handen. Är det synd om honom? Stämningen är onekligen lite låg.

Plötsligt skiner han upp. Vi följer hans blick och fastnar på två intet ont anande tonårstjejer, som står och skrattar i baren. Katrin och jag blir vittnen till hur han i stort sett slickar deras bröst med sina vattniga ögon.

"Varje kvinna är unik, förstår ni", mumlar han som i trans. "Men hon ska helst vara under trettiofem."

Vi sträcker förnärmat på oss. Jaha. Så jag och Katrin har alltså passerat bäst-före-datum för länge sedan. Hur så?

Patrick lägger medlidsamt huvudet på sned medan han pedagogiskt förklarar att kvinnans hud tyvärr är orättvis, för den skrumpnar ju så mycket tidigare än mannens. Femtonåringar är bäst, tycker han. Så det är synd att Frankrike har artonårsgräns.

Jag känner hur jag börjar reta upp mig rejält. Vadå skrumpnar! Han är lika gammal som vi, men ser betydligt äldre ut, faktiskt, med hud som hänger i påsar runt ögonen och hals som är skrynklig som på en gammal sköldpadda. Han borde verkligen inte sitta här och kasta sten i glashus, slänga igelkottar i ballongbutiken och spika i en vattensäng. En sådan fjant!

Men Patrick registrerar inte min indignation. Han ser bara religiös ut när han, utan förvarning, börjar lovsjunga förförelsens ljuva konst. Vilken svindlande känsla det är att förföra en vacker gift kvinna, en kvinna som inte vill, att få skriva om alla intima detaljer i en dagbok.

Vi stirrar på honom. Är han riktigt klok? Inte för ett ögonblick att jag skulle låta mig förföras av denne anemiske man, tänker jag och jag ser att Katrin tänker likadant.

Plötsligt lutar han sig mot oss, som om han ville berätta en hemlighet. Hans ögon brinner och han talar fort och hetsigt.

”Jag öppnar alltid med en förvirrande fråga, förstår ni, som får kvinnan att rodna och bli mör. Sedan sticker jag in kniven med en rak fråga: Du är det vackraste jag skådat. Vill du äta middag med mig? Varpå kvinnan kanske svarar: Jag är gift. Och, säger jag då, du tycker inte att det är tråkigt?”

Patricks andhämtning ökar och orden flyter på i en jämn ström, som om han talade i tungor. Han fortsätter:

”Så här kan du inte få mig, svarar kvinnan då. Men berätta då för mig HUR? kontrar jag. Jag har barn, säger hon. Och, svarar jag då och ser henne djupt i ögonen, de är med all säkerhet mycket vackra och intelligenta barn.”

Här tar Patrick en dramatisk konstpaus, innan han lutar sig tillbaka igen och ser mer än nöjd ut efter sin orala utlösning. ”Bra, va?” flämtar han. ”Kvinnan har inte en chans.”

Jag sväljer och vet inte riktigt hur jag ska förhålla mig. Hans märkliga fråga om min silverring tidigare … var det en sådan där förvirrande öppningsfråga som skulle få mig att rodna och bli mör? Omöjligt, tänker jag sedan och viftar bort misstanken. Jag är ju fyrtio plus.

”Är du en bra älskare då?” frågar Katrin initierat. I ögonvrån ser jag hur hon föraktfullt tittar på hans spinkiga lår.

”Beror på vem jag älskar med”, svarar Patrick och rycker på axlarna. ”Man är två om att älska, vet du.” Och sedan rabblar han vidare om hur man som förförare lika väl måste behärska konsten att göra slut, vilket han naturligtvis kan. Han plirar lurigt mot oss, och jag tänker att han kanske inte är så dum trots allt. Lyckliga slut växer inte på trän.

Men mitt lilla infall av välvilja får sig en fet smäll då han avslöjar att han gör slut genom att låta kvinnan göra slut! Så fegt. Hur han lånar pengar av henne till exempel, utan att betala tillbaka, blir deprimerad eller mycket sjuk. Då brukar den stackars förbrukade kvinnan vända på klacken och dra. Tro fan det.

Vi blir andlösa över denna blåsvarta cynism. Vet denne Patrick överhuvud taget vad kärlek är?

Jag har hittills hållit tyst, men nu kan jag inte hålla mig längre. Jag känner ett starkt behov av såra honom, av att få honom att känna sig dum.

”Kan du som är en sådan expert”, lismar jag, ”ge några tips om hur en bra äkta man ska vara?”

Han tänker efter en god stund, vilket ju är förståeligt med tanke på hans ursinniga exfru.

Men vi väntar på hans svar, lika tålmodigt som katten väntar ut en mus.

Till slut klämmer han tafatt fram något om att en bra man ska ha rena strumpor som är sträckta, inte korviga … och blanka skor. Han ska laga små goda rätter och servera gott vin till. Och så ska han ha sex med henne, aldrig mindre än fem gånger per dygn, för då bli det tråkigt.

Jaha. Och mer? Katrin och jag väntar oss någon slags fortsättning, men fortsättning uteblir. Var det allt? Inte ett ord om att städa och hjälpa till, så att den stackars frun över huvud taget skulle orka ha sex minst fem gånger om dan. Katrin reser sig för att gå på toaletten.

”Jag vill gå nu”, viskar hon till mig. ”Vill du be om notan så länge?”

Och sedan lämnar hon mig, på tu man hand, i denne förförares våld. Jag känner mig obehaglig till mods. Vad ska han och jag prata om?

”Du har mycket vackra ögon”, konverserar Patrick så fort Katrin har svängt runt hörnet. ”Hur länge stannar du?”

Paniken växer inombords. Denne man är verkligen inte klok. Först silverringsnacket och nu detta, helt enligt konstens alla regler, som han alldeles nyss satt och skrävlade om. Vad tror han att jag är? En dum jävla brud! Och vad är det egentligen för sorts kvinnor som går på hans dravel? Faller kvinnor så lätt för smicker, lider kvinnan sådan kärlekstörst, att hon lägger sig för en sådan som Patrick? Jag är skakad.

”Je m'ennuie jamais! (Jag har aldrig tråkigt!)” säger jag snabbt. *”N'ose même pas! (Försök inte!)”*

Till min stora lättnad är Katrin en rask kvinna, så hon är snart tillbaka. Det duggregnar när vi skiljs åt ute på gatan och vi skakar affärsmässigt hand med honom.

”Jag har svetsat ihop många äktenskap ska ni veta”, säger han vemodigt innan han går. ”Men aldrig att jag har fått ett enda tack.”

Vi ler tröstande mot honom. Livet som förförare kanske inte är så glamouröst som man kan tro. Det är nog ett hårt jobb. Och ensamt, eftersom förförare inte får stadga sig.

Vi ser hur den gamle transvestiten kommer ut från caféet. Hon vankar mödosamt uppför berget, på samma väg som Patrick.

SHOPPINGFROSSA 13

Jag har siktat in mig på ett par röda kängor på **Sac & Sac**. Jag upptäckte dem sist jag var här, men hade inte mage att köpa dem då, eftersom jag vid samma tillfälle köpte ett par långskaftade stövlar och ett par mjuka promenadskor i svart mocka. I samma butik.

Och varför gjorde jag det? Jo, för att jag hatar att shoppa!

Och eftersom jag hatar att shoppa brukar jag passa på att köpa mycket på en gång, för då är det gjort och jag behöver inte göra det igen. På länge.

Det skulle aldrig falla mig in att lägga tid på shopping hemma i Stockholm, till exempel.

Nej, shopping kan bara göras där inget annat finns att göra. Som i Skövde.

Där köpte jag mig mitt livs snyggaste långklänning. Svart, skrynkelfri och som tål maskintvätt. I Umeå köpte jag en gummijacka. Och i Jönköping en negligé.

Usch. Ärligt talat får jag kväljningar när jag tänker på min garderob. Den är uteslutande uppbyggd på spontanshopping. Min garderob är särskilt sorglig, eftersom allt går i svart … och ändå passar ingenting ihop. Så misslyckat. Samtidigt blir jag förbannad. Jag fattar inte hur världen kan kräva av oss hårt arbetande kvin-

■ RUE CAULAINCOURT

Det var antalet påsar som räknades. Och att det stod något känt namn – typ Chanel – på sidan. Sedan spelade det ingen roll om det bara var en ögonpenna eller ett par strumpbyxor som låg i.

■ TIMHOTEL, RUM 414

Det här var alltid den bästa stunden. Utpumpad efter jakten men innan betalångesten kröp på. Hon brukade lägga upp bytet som om det vore änder och kaniner. Efter storlek. Favoritgrejen på hedersplats.

CHANEL

nor, att vi dessutom ska skapa vår egen garderob. Det krävs ju så skilda stilar för så skilda tillfällen! Det krävs så många val och beslut. Jag orkar inte. Och jag är avundsjuk på drottning Silvia. Hon har minsann en anställd som bara kommer hem till henne med kläder. Hon slipper att stå och svettas i provrum och få elektriskt hår. Det är orättvist.

Men, hur som helst, nu har jag bestämt mig för att göra ett ryck. Det ska bli ändring.

Jag är tillbaka i Montmartre, vid full vigör. Plånboken är packad och väskan är tom.

Färg, tänker jag lyriskt. Min vidöppna väska ska fyllas med färg, som kompletterar allt det svarta. Och röda skor skulle verkligen inte sitta fel. Jag myser vid tanken. Hur jag, i mina röda skor, tar språnget in i ett nytt liv. Äntligen.

I mitt följe har jag tre goda väninnor till rådgivare, Mia, Lena och Katrin. Vi känner oss flärdfulla och coola där vi i solglasögon spankulerar gatan fram.

Mia och Lena bär lyxiga Guccibågar, medan Katrins är från Hennes & Mauritz och mina från en tysk mack efter en bilsemester. Så är det med smak. Den är lika olika som våra brillor och prioriteringar. Det Lena lägger på ett par Guccibågar, lägger kanske jag på en jacka (min garderob består mestadels av jackor tyvärr, eftersom de är så lätta att prova).

Det Mia lägger på ett par Guccibågar kanske Katrin lägger på en ny inredningsdetalj.

Vi är i vilket fall som helst rörande överens om att vi matchar varandra. Vi är det perfekta gänget för en givande shoppingdag, kantad av fynd och klokt omdöme.

Äntligen är vi framme vid skyltfönstret. Jag flackar förtvivlat med blicken över alla skor, men hittar inte mina. "Jag visste det", mumlar jag besviket. "Jag borde ha köpt dem när jag hade chansen."

"Kolla in dojorna där uppe då", skrattar Lena och pekar upp mot hyllan i vänsterhörnet.

"Vad är det för baglady-skräp? De ser ju ut som om de vore gjorda av kartong."

Jag stelnar till. Där är de! Mina röda skor! Men vad är det Lena säger? Står hon där och hånskrattar åt mina skor? Ja, alla tre skrattar de åt mina skor. Varför? De är ju skitsnygga!

"Aldrig i livet att du köper de skorna", säger Mia, sedan de har gått upp för henne att de är mina skor de flabbar åt. "Gå runt i papier-maché. Hur skulle det se ut?"

"Om du köper dem", hotar Lena. "Så tänker då inte jag gå ut med dig, bara så du vet."

"Men köp dem", ler Katrin roat, "om du så gärna vill ha dem."

Jag tvekar. Plötsligt ser jag mina drömmars skor i ett annat ljus. Tänk om de kommer att hamna i samma låda som alla andra? Undangömda och förträngda, som ett pinsamt spontanköp bara, ännu en felbedömning. Nej! Det får inte hända igen. Jag har ju lovat mig själv, aldrig mer. "Ah", svarar jag osäkert. "Jag tror jag väntar … "

På andra sidan gatan upptäcker jag en glasögonbutik, och blir med ens glad igen. Glasögon! Det är ju nu, och precis nu, som jag har chansen!

På ålderns annalkande höst har jag nämligen blivit lite närsynt. När jag kör bil, till exempel, måste jag komma alldeles inpå vägskylten innan jag ser den. Åh fan, tänker jag då.

Här var det visst till höger! Och sen tvärsvänger jag så att hjulen skriker. Inte bra.

Ändå har jag undvikit att köpa glasögon. Dels för att jag avskyr att shoppa, dels för att jag är så osäker på vad jag vill ha. Men nu är vi ju ett helt gäng! Alltså, inser jag, om jag ska köpa glasögon är det nu. Eller aldrig.

Vi travar in i en söt glasögonbutik, fullbelamrad av bågar, som heter **Opta**. Vilket sortiment!

Bågarna blinkar förföriskt mot mig. Jag börjar faktiskt bli riktigt sugen på glasögon. Det trodde jag då aldrig.

"Köp enkla", råder Mia. "Med så lite båge som möjligt. Det är kvinnligt."

"Nej", fnyser Lena. "Du ska ju ha karaktär!"

Och så plockar hon ned ett par kattlika bågar i orange. "Fräna, va?"

Jag stirrar på henne. Skämtar hon? Vill hon att jag ska se ut som en galen uppfinnare?

"Nä tack", säger jag stött.

"Men prova!"

Motvilligt tar jag på mig bågarna och ser mig i spegeln. Herregud. Jag ser ut som Elton John.

Tjejerna skrattar så att de kiknar och expediten skruvar på sig. Hon kan ju inte veta om vi är där av seriösa skäl, eller om vi bara är ett gäng fnittriga brudar som roar sig med att springa runt och prova hattar och glasögon.

"De här då?" säger Katrin, efter att skrattsalvan har lagt sig. Hon tar fram ett par smala glasögon med mycket båge och lite glas, helt tvärt emot Mias förslag.

Jag provar dem och tjejerna visslar till. Inte dumma alls. Men kanske för mycket båge ändå? Halva irisen försvinner ju. "Läckra", tycker Lena och Katrin, medan Mia bara skakar på huvudet. "Du kommer att ångra dig."

Expediten börjar plötsligt engagera sig. Hon sätter mig framför spegeln, tar fram det ena paret efter det andra och drar sig inte för att ha åsikter. Sympatiskt. Hon verkar ha åsikter på riktigt, inte bara för att sälja.

Efter en halvtimme har vi hittat rätt. Ett par lila bågar, smala, men ändå tillräckligt med glas. Wow! För en gångs skull vet jag vad jag vill ha, och det är så skönt att resa sig upp och säga "De här tar jag", utan att ta notis om Mias avvaktande min. Tvärtom, tänker jag, är det bara bra att hon är sån. Det ska blåsa lite motvind i shoppingens glamourösa värld.

"Kom, tjejer", flinar jag nöjt. "Detta ska firas med en öl."

Vi sätter oss på **Le Sancerre.** Höstsolen värmer och vi mår utmärkt. Så är det. Om någon har lyckats göra ett kap smittar det av sig på de andra. Jag tar på mig bågarna ännu en gång, och Mia ser förvånad ut. "De är ju snygga, faktiskt. Ursäkta, men jag såg inte det i affären." "Tack", svarar jag stolt. "Och inte är de svarta heller!"

Styrkta av ölen går vi till en färgglad klädaffär som heter **Antoine et Lili**. Det luktar rökelse och färgerna i gult, lila och bränd apelsin bländar oss. Katrin kastar sig över inredningskuddarna, Lena och Mia över kjolarna och jag fastnar för en rysk mössa.

Inte särskilt dyr, femton euro bara, grunnar jag. Om man skulle ta och köpa den? Visserligen är den svart, men då passar den ju till alla mina svarta jackor i alla fall.

"Nej, fy bybblan", säger Katrin som bryter på tyska. "Ta det lygnt. Vi ska jy till hattaffären."

Hattaffären, **Brise Miche**, är som en egen liten sagovärld med de mest utsökta kreationer. För huvudet, alltså. Synd att man är så tjockskallig. Jag hade störst ridhjälm när jag var liten, större än pappornas.

Den väna modisten som har gjort alla hattarna (hon upprepar sig visst aldrig, utan varje mössa och hatt är unik) tittar på oss.

"Ursäkta, madame", frågar jag henne. "Men har ni den här hatten i stretch?"

"Tyvärr inte. Men den blå därborta."

Jeansblå manchesterhatt med pälskant på brättet och en pälstofs som hänger ned på ena sidan.

"Dy är yrsöt i den", jublar Katrin.

"No way", säger Lena kallt. "Vad tror du att Olof skulle tycka? Det blir skilsmässa!"

Jag ser min man framför mig. Han föredrar onekligen den diskreta stilen. Fast, *mon Dieu (min Gud)*, vad jag är sugen! Min högra hand har spasmiska ryckningar efter plånboken.

"Anna-Lena", varnar Mia, såsom en vän varnar när en vän är på väg att ta ett glas för mycket. "Låt bli."

Vi lommar ut från hattaffären igen, men suget efter hatt finns kvar. Jag känner mig lika trotsig som när jag var liten och tjatade om en skär täckjacka, som inte fanns i min storlek, men jag ville ha den ändå. "Ni måste lova att jag får köpa den ryska mössan sen", gnäller jag, "annars kommer jag att ha mardrömmar om den i resten av mitt liv."

Vi knatar oss idogt fram på kullerstensbackarna med lysten shoppingblick. Det börjar kännas i lårmusklerna.

Plötsligt passerar vi en sexaffär och utan att tänka oss för slinker vi in. Lokalen är kall och snudd på steril. På rad efter rad hänger märkliga plagg i latex och spets. En liten grå mus till tjej kommer oss till mötes. Hon är spinkig och har råttfärgat hår. På hennes vänstra bröst, som är obefintligt, hänger en vit namnskylt där det står Roxanne. "Kan jag hjälpa till?"

”Ja … vi undrar”, svamlar Katrin. ”Om … om man vill strippa för sin man! Vad köper man då?”

Roxanne ler och vi ser att hon har ganska bruna tänder, hon kanske är storrökare.

”Ja”, svarar hon. ”Det enklaste är de här trosorna.”

Hon tar fram ett par glänsande, blodröda trosor med spännen på varje sida om höften.

”Spännena”, undrar Mia nyfiket. ”Hur gör man?”

Roxanne skiner upp och vi ser att hon trots allt är söt. ”Oh”, skrattar hon. ”Det är bara så här: Klick – klick … och tjoff!!” Med en elegant rörelse drar hon trosorna mellan benen, och vi står mållösa. Roxanne förvandlas med ens till någon annan. Plötsligt tycker vi oss höra den suggestiva musiken och ser en massa röda lampor pulsera i takt. ”Förstår ni?” viskar hon sensuellt. Och så, tjoff! … är allt som vanligt igen. Vi blinkar yrvaket.

”Men den här då?” frågar Lena och drar fram en superkort nunnedräkt i latex.

”Den är den lättaste”, upplyser oss Roxanne. Och så sker undret igen. Musiken, lamporna, röken, doften, hettan… ”Så här”, ler hon och ålar proffsigt med sin smala kropp i puls med musiken. ”Det är bara att dra ned den *et voilà!* … tjoff!”

Och allt är som vanligt igen.

Vi är chockade. Denna lilla tjej som ser ut som en sliten ensamstående trebarnsmor som går på a-kassa och lägger alla sina pengar på cigaretter istället för på mat. Vem är hon?

”Jobbar du alltid här?” frågar jag.

”Nej då. Jag hjälper bara min kompis som är på semester”, svarar hon och tillägger, lite stolt: ”Annars jobbar jag som strippa i Belgien.”

Vi nickar utan ett ord. ”Tack”, säger Katrin hjärtligt. ”Du har varit till stor hjälp.”

På vägen därifrån tjattrar vi i munnen på varandra. ”Där ser man! Det är inte hur stora bröst man har eller hur snygg man är eller någonting! Det är bara attityden! Satan vad hon var bra!”

Några minuter senare ramlar vi in på **Senteurs de fée**. En liten butik som doftar så gott att man blir berusad. Och damen bakom kassan brinner för sin sak. Man skulle nästan kunna tro att hon var besatt.

”Alla dofter kommer från naturen”, babblar hon. ”Läkande, helande, lugnande, glädjande, upphetsande, stimulerande.”

Vi ser oss omkring. Utmed väggen står stora säckar fyllda med någonting.

”Det är fuktgivande badsalt”, rabblar kvinnan. ”Kryddat med basilika, kanel och rosmarin.”

Hon smörjer in våra handleder och vi andas in. I nästa andetag demonstrerar hon klassisk rökelse och öppnar små flaskor med aromatisk olja.

”Monsieur Martin de Candre, var den som startade denna verksamhet”, fortsätter hon. ”Sedan tog kvinnorna över, generation efter generation. Intresset för äkta vara, för doftens terapi blir allt större. Ni förstår ...”

”Ursäkta”, försöker Lena bryta in, men den brinnande lilla damen i dräkt och håret i slarvig knut, bara ångar på. Hon skulle passa som försäljare av vad som helst. Mirakulösa grönsakshackare, magiska fönsterskrapor eller maskfria nylonstrumpor.

”Ursäkta!” envisas Lena. ”Men jag skulle vilja ha fem hekto badsalt.”

"Bien sur! (Självklart!)" ropar damen. "Först gnuggar du in det som peeling, saltet innehåller en del äkta olivolja som huden älskar, och sen kan du välja, antingen duscha kallt eller …"

"Jag också", piper Mia. "Jag vill också ha salt."

Vi är helt utmattade när vi tumlar därifrån. Dofter har verkligen en förmåga att göra sitt.

Boutique **La Citadelle** säljer överblivna märkeskläder. Mia hittar en komisk halsduk, skotsktrutigt tyg, varvat med teddy.

"Fast om man tänker efter", funderar hon, "är den på tok för dyr. Jag skulle kunna sy den själv."

Så småningom hamnar vi i en spännande lampaffär, **David Emery Creation**, där de gör lamporna själva och man kan beställa efter tycke och smak. Jag blir helt såld på en röd lampa som slingrar sig likt en bläckfisk över taket. 7 000 spänn!

"Ärligt talat", säger jag till tjejerna. "Så kan man göra denna lampa själv. Plysch och lite ståltråd, några sladdar och rispapper på en skärm. Enkelt!"

Efter denna dyra exkursion, inte för att vi köpte något men det kändes dyrt att titta, sätter vi oss på ett enkelt, men modernt och opretentiöst café som heter **Le Progrès.**

Mia och jag tar i hand och avger heliga löften.

"Okej", lovar Mia. "Till jul ska det vara klart. Din röda bläckfisklampa och min roliga halsduk."

Katrin fnyser. "Du är bara snål, Mia. Både du och Lena är snåla. Vad har ni köpt på hela dan? Va? Badsalt!"

En timme senare, som hämnd över Katrins påhopp, spontanköper Lena ett par högklackade skor i en nyöppnad butik som heter **6ème élément**. Sedan köper allihop varsin handväska hos kinesen, vars butik heter **Jinfa**. Och tio minuter senare köper Lena en illblå kinaklänning i butiken bredvid, medan Mia provar en jeanskjol av countrymodell på **Jabi** (en butik där man kan göra klipp med stort K).

”Köp den”, manar vi. ”Den är du!”

”Nä”, våpar sig Mia. ”Jag får så ful rumpa i den.”

”Vadå? Din rumpa är ju jättesnygg!”

Är det något vi vänner passar på att göra när vi shoppar ihop, så är det att ge varandra ärliga komplimanger. För när får man annars tillfälle att säga att en väninnas rumpa är snygg?

Mia pekar på en sliten jeansklänning med bälte och slits, och tittar på mig.

”Den”, säger hon. ”Den borde du prova. Den är du!”

Jag tappar hakan. Skulle den jävla klänningen vara jag? Den ser ju skitig ut. Äcklig! Vad tror hon om mig egentligen? Att jag sprayar kroppen med deodorant istället för att duscha? Att jag istället för att tvätta vänder trosorna ut och in!

”Nej tack”, svarar jag surt. ”Den är verkligen inte jag.”

Katrin rotar fram en jacka som är till hälften tröja, hälften jeansjacka. Hon vill verkligen ha den, men bromsar i sista sekund. ”Denna kan jag sy själv”, säger hon bara, och det värsta är att hon talat sant. Katrin tillhör den ovanliga sorten som syr vad hon lovat, till skillnad mot oss andra som har tjogvis med tyg i kistor och skåp. Ska sy sen, säger man. När jag har tid och lust. Det vill säga aldrig.

Vi blir trötta i fötterna och dagen rinner iväg, men inte utan att jag får köpa min ryska mössa. I shopping är det intuition som gäller, förstår ni, och den ryska mössan var faktiskt min.

Ja, det stod liksom Anna-Lena på den! Jag känner mig lycklig. Näst efter glasögonen är ryska mössan mitt största fynd. Jag säger då det. Mitt nya liv har börjat.

■ RUE DE LA BONNE

Och så var hon där igen. Varför fortsatte hon att utsätta sig för detta? Gång på gång fick man vara tacksam att de överhuvudtaget tog en med. Så hon höll tyst om svett- eller cigarettlukten, den skrällande radion, drag och ofräscha säten utan säkerhetsbälte. Och hon visste. Även denna gång när hon, upprörd över fräcka omvägar och skräckslagen efter alltför alkoholpåverkad körning kommit fram, skulle hon som vanligt fegt ge för mycket i dricks och dessutom tacka för det.

14 NERE PÅ STAN

"Kom igen nu, tjejer! Hur mycket tid behöver ni egentligen? " Jag ligger på sängen och anstränger mig för att inte hyperventilera. Andas djupt och försöker tänka positivt. Det ordnar sig nog. Restaurangen lät ju så vänlig när jag ringde och bad om att de skulle hålla vårt bord ännu ett litet tag till. Jag är rastlös.

"Tror ni att ni är klara om tio minuter då?"

"Absolut", ropar Lena från badrummet. Hennes röst nästan drunknar i dånet från Mias hårfön.

Jag suckar uppgivet. Själv blev jag färdig på samma tid som det tog för Lena att bara lägga sin underlagskräm. Fortare än vad det tar för Mia att fluffa till sin blonda frisyr.

"Ja, för jag vaknade en morgon", mässar Mia. "Och bestämde mig för att varje dag, i resten av mitt liv, kliva upp en kvart tidigare och göra mig så snygg jag bara kan. För tänk om jag plötsligt råkar dö! Va! Inte bör man väl dö ful, bara för att man är lat?"

Jag grunnar på vad hon har sagt, och tänker att det ligger något i det. Ser mig i spegeln och skruvar på mig. Mitt hår är verkligen platt.

"Just det", ropar Lena. "Så är det. Dö sminkad och bli ett vackert lik."

Restaurangen jag har bokat bord på heter **Beauvilliers** och är en förstklassig krog i Montmartre. Där kan man äta så gott att det snurrar i skallen. Och romantisk miljö är det, mycket franskt, med vita dukar och gentila kypare som gör sitt yttersta för sin gäst.

Bara de nu håller bordet.

Jag bokade i förra veckan redan, eftersom restaurangen är liten och risken finns att den är fullsatt. Det vattnas i munnen vid bara tanken. Anklever ska jag ha till förrätt, tror jag. Eller varm *chèvre (getost)*. Nä, nu får flickorna minsann vara klara! Jag slänger på mig kavajen och kliver ut i hallen.

”Hallå! Tidsfristen är ute. Nu går vi.”

”Sorry”, säger Mia bestämt. ”Måste först retuschera påsar.”

”Förlåt?”

”Sminka ögonen, alltså.”

”Och jag måste stryka på min blus”, ler Lena insmickrande. ”Snälla, kan du inte ringa och be om tio minuter till?”

Håglöst sätter jag mig, för tredje gången, vid telefonen. Den förut så vänlige mannen låter plötsligt lite kärv.

”Non, je suis desolé, madame (Nej, jag är ledsen, madame). Bordet är inte ert längre. Vi ansåg oss tvungna att släppa det.”

Jag blir stum. Luften går ur mig, i samma utdragna andetag som telefonluren glider ur min hand.

”Vet ni, tjejer”, flåsar jag, ”vad ni just har åstadkommit?”

”Nej?”

”Ni har sminkat bort ett bord.”

Jag hör deras fnissattack därute i badrummet.

”Sminkat bort ett bord”, ropar Lena. ”Det var inte dåligt!”

”Hellre utan bord än utan smink”, fyller Mia i, och så fnittrar de så att det smattrar mellan väggarna. Deras nonchalanta stil retar mig så till den milda grad att jag håller på att spricka, och till slut händer det. Jag exploderar.

"JAG FATTAR INTE VAD NI HÅLLER PÅ MED! INSER NI HUR LÄNGE NI HAR VARIT DÄR INNE?"

Det blir knäpptyst. Tjejerna är inte vana vid att jag brusar upp. Till slut är det Mia som säger något.

"Anna-Lena … hur är det fatt? Du har väl inte slutat snusa nu igen?"

"Nej!"

"Men lugna då ned dig", säger Lena och kommer in och lägger en tröstande hand på min nacke. "Du fattar inte vad vi håller på med, Anna-Lena, för du har ingen sminkkultur."

"Vadå? Vad menar du med det?"

Mia ansluter sig och de tittar ömt på mig, som om jag vore deras lilla dotter.

"Du förstår", fortsätter Lena mjukt. "Man har inte sminkkultur ifall man förvarar sitt smink i en gammal systempåse, som du gör. Det fattar du väl? Du bryr dig inte. Men det gör vi."

"Nej", säger Mia allvarligt. "Smink i systemkasse. Det är inte seriöst."

Jag känner hur jag smälter. "Okej-okej! Jag ger mig. Är ni nöjda nu då? Är ni klara?"

"Snart."

"Bra", säger jag, och serverar oss varsitt glas champagne. "Då vet jag vad vi gör. Vi tar oss ner till stan."

Place de la République. Vi tar metron dit, med byte i Belleville, där det spöklikt nog spelas Mendelsohns bröllopsmarsch i högtalarna. Mycket suggestivt. Det känns som om vi är med i en film.

"Ett tecken", gnistrar Mia, som för tillfället är singel. "Något kommer att hända i kväll."

Jag trippar stolt mellan mina blonda valkyrior till väninnor, och får innerst inne erkänna att sminkningen har gjort sitt. De ser strålande ut! Instinktivt undviker jag att titta i alla skyltfönster vi passerar. Jag vill ärligt talat inte se mig speglas bredvid dem.

"Vart är vi på väg?" frågar Lena.

"Till ett ställe som heter **Favela Chic**", svarar jag, och tillägger (lite vasst): "Ett ställe, där man inte FÅR beställa bord! Först till kvarn får mjölet mala."

Om man inte vet var Favela Chic ligger, kan det vara svårt att hitta dit. Riktmärket är att det över trottoaren hänger en stor svart skylthatt (som tillhör rock- och jazzklubben Gibus i huset bredvid). Precis snett under hatten smyger sig en smal passage, och därinne är det. Tjejerna tvekar.

"Ser skumt ut", säger Mia. "Farligt. Är vi verkligen rätt?"

"Jadå. Vänta bara tills vi kommer in, så ska du få se. Urmysigt."

Jag tvärnitar när jag upptäcker kön utanför entrén. Ånej! Här kan vi ju få stå i timmar!

Men Lena och Mia är vid gott mod. "Äsch", säger de i mun på varandra. "Det ordnar sig."

Och då, till min stumma förvåning, ser jag hur dörrvakten vinkar till oss. "Ni där borta", visslar han. "Kom hit. Varsågoda och stig in." Som i trans följer jag mina väninnor i spåren, då jag abrupt blir stoppad av dörrvaktens muskulösa arm. "Inte du", säger han bryskt. "Du får ställa dig i kön."

"Va?" fräser Lena och rynkar sina välansade ögonbryn. "Hon är ju med oss!"

"Oh, pardon (Ursäkta)", urskuldar sig dörrvakten, samtidigt som han fräckt och öppet flirtar med Mia.

"Välkomna då! Stig på."

Väl innanför dörrarna är tjejerna olidliga i sin svidande triumf. "Där ser du, kära Anna-Lena", kluckar de, "hur vi sminkade oss till ett bord."

Vi blir visade till ett av långborden, där massor av ätande gäster redan sitter bänkade. Trevligt. Om man kom solo hit någon kväll skulle man slippa att äta ensam i alla fall.

En sprallig ung man i röd toppluva och bylsiga byxor sätter sig på huk vid kortändan av bordet och hälsar oss välkomna. "Vad vill ni ha för drink?"

Vi ser oss omkring. Allt känns lustfyllt och ungt, friskt och sydländskt. Det luktar vitlök från grytorna i det öppna köket, som är varmt kaklat i saffransgult och grönt. Här är det helt klart sydamerikanska drinkar som gäller.

"Varsin Mojito, tack", beställer Mia, som har varit med förr. "Och tapas för tre."

Vi myser där vi sitter och hackar med sugröret i våra drinkar på brasiliansk rom, sodavatten, hackade myntablad, socker och bitar av lime. (Ju mer man hackar, desto mustigare blir det.)

Folk runt omkring oss är glada och äter på stora lerfat, glaserade i blått. Personalen, som alla bär luvor av olika slag, spontandansar medan de väntar på maten vid köksdisken. Inte så dumt, trots allt. Att vi hamnade här, menar jag. Hur man än vrider och vänder på verkligheten, så dristar jag mig till att tro att allt har ett sammanhang, en mening.

"Skål, tjejer. Välkomna till Favela Chic!"

Roliga människor kretsar runt vårt bord och vi suger hungrigt in varenda detalj. En tjej med så stor och lång halsduk att det blir halsduk med tjej. Till exempel.

Vi delar på två huvudrätter (eftersom vi vräkte i oss två påsar chips under sminkfrossan). Kyckling, kokosmjölk, linser, ingefära och annat smaskigt. Stämningen är på topp, avslappnad och varm. Inte minst tack vare restaurangens hemmagjorda (ser de ut att vara i alla fall) kulörta lampor.

Senare, i baren, fortsätter vi det sydamerikanska temat vad gäller drinkar, Caipirinha och Caipirinoska, samtidigt som jag försöker lära tjejerna vad jag har lärt mig på min salsakurs.

”Kolla”, säger jag, och svänger på höfterna. ”Man gör liksom en åtta.”

Tjejerna stirrar intensivt på mina fötter, höfter och ben.

”Aha!” utbrister Lena. ”Jag förstår. Det är bara att föreställa sig att man har stuckit upp en penna, och sen ritar man en åtta med den! Eller hur?”

Mia får plötsligt se att killen som står bredvid oss (en dunderfjant i vår egen ålder som borde ha klippt sig för längesen) har öppen gylf! Ojojoj. Det går inte att undvika. Mia tillhör nämligen den frispråkiga sorten, speciellt efter latinamerikanska drinkar.

”Pardon, monsieur (Ursäkta, min herre)”, viskar hon högt och pekar på hans gylf. ”Zzzippp!”

Killen hajar direkt. Fransmän är verkligen mästare på att förstå ljudhärmande läten och pantomim. Vi skrattar rått och börjar få svårt att stå still.

”Du är då alltid lika vaken, Mia”, skrockar Lena.

”Magnetisk skrevblick = lite småsugen”, säger jag.

Vi tittar på varandra. Nivån har nått bottenläge. Dags att dra.

”Taxi!” Metron har slutat att gå för längesen. Det snålblåser och jag fryser i min tunna kavaj, där vi småspringer i gåsarad utmed trottoarkanten … ”Taxiii!!!”

Bilarna svischar förbi oss, den ena efter den andra, men ingen stannar, ingen är ledig.

"Så konstigt", klagar Lena. "Vi är ju bara tre, eller hur?"

"Ja, såvitt jag vet är vi bara tre", mumlar Mia och ser sig omkring.

"Lägg av! Jag menar, då brukar det ju inte vara några problem. Det är om man är fyra som det brukar gå åt helvete, inte om man är tre."

"Och så oklanderligt sminkade dessutom", hånar jag.

Vi är långt ifrån ensamma på vår jakt efter taxi. Det råder desperat stämning på stan. "Taxi!"

Ett par som gått bakom oss gör plötsligt en fräck omkörning och hamnar framför. "Taxi!"

"Gå förbi dem!" säger Mia. "Annars tar de vår taxi."

"Vilken taxi?"

"Den som kommer."

Men det kommer ingen. Vi går förbi taxistolpar där hundratals huttrande personer står i kö. Hopplöst.

Jag fryser så att jag hackar tänder, men tjejerna har det värre ändå. Lena har blödande skoskav i sina nya skor (som hon såklart ville ha på sig denna kväll på stan). Och Mia har ont i sin halvläkta tå efter ett smärre benbrott på vår senaste tjejresa till Sälen. Vi stapplar avenyn fram, sammanbitet, utan att säga ett ord. Den förut så heta stämningen har blivit nollgradig. Vägen känns oändlig och till slut kan jag inte hålla mig.

"Ja, ni får faktiskt skylla er själva, tjejer. Som sminkade bort vårt bord. Där ser ni hur det går om man lämnar Montmartre!"

■ RUE DURANTIN

– Om jag nu försvinner in i dina svarta hål till ögon, kommer du att försöka hitta mig då? frågade han och log. – Du har lämnat många spår. Både under min hud och på lakanet där hemma. Jag ska nog kunna leta mig fram till dig. Var du än är, svarade hon mjukt och kliade honom retsamt under skägget. Den ensamma kvinnan vid bordet bredvid suckade. Där fick man för att man tjuvlyssnade till andras samtal.

15 GILLES OCH EMANUELLE

Vissa beundransvärda människor vet precis vad de vill. Själv vet jag sällan vad jag vill och därför ramlar jag av misstag in i en liten boutique med det märkliga namnet [**omiz**] på Montmartres populäraste butiksstråk alldeles intill Pigalle. Jag ser mig vilset omkring och konstaterar snabbt att det är saftiga siffror på prislapparna. Varför? Affären är inte särskilt elegant. Den påminner mer om ett lager, eller ett rum bara, där någon har slängt in sina kläder. Avklippta jeans (för sådär tusen spänn) hänger på en tvättställning bredvid slitna byxor och flammiga kjolar. Några bälten med snäckor och fjädrar ringlar sig över en bänk, brokiga klänningar och skjortor hänger på väggen. Jag förundras och förstår att detta måste vara något alldeles speciellt. Jag förstår också att detta måste vara vad som så hippt kallas ”street-wear”.

Det ska alltså se ut som om man inte har ansträngt sig det minsta. Folk ska tro att man bara har klivit ur sängen, rafsat fram en gammal trasa ur garderoben, och gett sig ut på stan.

Cool och opretentiös ska man vara … vilket kräver att man är extremt pretentiös.

Det är samma sak som med smink. Vill man se osminkad ut måste man sminka sig i timmar.

Och dyrt blir det. Personligen skulle jag aldrig lägga ned tusen spänn på en blus som inte ser ny ut. Vad skulle jag säga till folk? ”Titta! Jag köpte den i dag, men den är precis som gammal!”

Vem som är affärsinnehavare i denna trendiga butik går inte att ta miste på. Hon står där och ser ut precis som hon ska, fräscht osminkad, späd och stark i naturligt rufsig frisyr, batiklinne och jeans, mitt ibland ett gäng fnittriga japanskor. När våra ögon möts, himlar hon menande.

”Min boutique lär vara rekommenderad i en japansk guidebok”, viskar hon. ”Det är invasion!”

”Så bra då”, svarar jag. ”De är ju så många.”

Hon ruskar på huvudet. ”Jamen, de kan ju aldrig bestämma sig! Jag blir tokig på sånt. En gång höll jag på att låsa in en velig japanska i affären, bara för att jag hade glömt bort att hon var i omklädningsrummet. Fattar du? Hon provade en jacka i två timmar!”

Jag skrattar till, lite krystat (eftersom jag är pinsamt medveten om att jag kan vela mer än tusen japaner tillsammans) och byter samtalsämne: ”[omiz] heter din boutique. Vad betyder det?”

”[omiz] är det fonetiska ordet för engelskans ’homies’”, svarar hon allvarligt. ”Du vet: Den nya familjen.”

”Aha”, ler jag. ”Just, ja!”… Men ärligt talat fattar jag ingenting.

Japanskorna krafsar vidare och babblar på sitt roliga språk, medan jag undrar hur jag artigt kan avlägsna mig utan att köpa någonting. En axelväska som verkar vara sydd av ett avhugget jeanslår fångar min uppmärksamhet.

”Kul väska! Var hittar du allt?”

Hon rycker på axlarna och gör en gest mot gatan. ”Bland annat här i Montmartre. Jag har haft denna butik i fyra år och du anar inte vad jag har funnit! Förra veckan öppnade jag till exempel en restaurang på andra sidan berget.”

Jag drar efter andan. Vilken företagsam tjej! Samtidigt ser jag min chans att fly utan att först behöva punga ut femtio euro för ett snöpt jeans-lår.

”En restaurang? Jag är hungrig. Vad heter den?”

En stund senare kliver jag plikttroget in på restaurang **Fresh** på Montmartres baksida. Och till min stora förvåning befinner sig även butiksägarinnan där. Hon avfyrar ett friskt tandköttsleende. ”Välkommen. Så kul att du hittade hit!”

”Ja … men du … Du stod ju nyss i din boutique!”

Hon blinkar pillemariskt och drar fram en stol. ”Varsågod och slå dig ned. Jag heter Emanuelle.”

Restaurangen lever upp till sitt namn. Fresh. Rostfritt stål och rutmönstrade klinkers i vitt och orange. Som enda dekoration står ett vitsprayat hjorthuvud med orangemålade horn, som blänger ned på mig från den vitkalkade väggen. Jag sätter mig på den anvisade stolen i orange plast och försöker slappna av. Fötterna bultar i protest över att ha fått trampa Montmartres trappor en hel dag, men annars känns det bra. Riktigt bra, faktiskt. Så trevlig hon är, Emanuelle.

Ljuvliga dofter strömmar från det öppna köket och jag sneglar dit. En sådan kock! Lång och senig i vit t-shirt, muskulösa armar, knådandes en deg. Han visslar lyckligt medan han håller på och stämningen i lokalen känns plötsligt familjär. Är detta vad som menas med homies? Hemma. Vara hemma och mysa. Var man än är.

Mannen tittar upp med ett lojt: ”Läget?” Och jag blir alldeles ställd. Han uppför sig som om han har känt mig i flera år. Så ovanligt för en fransman.

”Jo … mycket bra, tack. Och … eh … själv?”

”Superb! Får jag bjuda damen på ett glas kir?”

”Non merci, je suis déjà mariée (Nej tack, jag är redan gift).”

Emanuelle brister ut i ett frustande skratt och lägger sin tunna arm om kocken.

”Det är vi också. Faktum är att vi firade vår tvååriga bröllopsdag igår.”

”Fast vi firar fyra år idag”, fyller kocken i och tittar på klockan. ”Idag, för exakt tre timmar och femtio minuter sen, eller hur Emanuelle?”

De kysser varandra kort och passionerat och vänder sig sedan åter mot mig.

”Bjud damen på ett glas kir, Gilles”, strålar Emanuelle. ”Jag behöver en paus.”

Och så lättar hon på skärpet innan hon dryper ned vid mitt bord och berättar sin historia:

”När jag köpte min butikslokal för fyra år sedan började jag från noll. Jag visste vad jag ville ha och jag bestämde mig för att aldrig göra avkall på det. Mina kläder skulle vara kläder som jag själv ville bära och min boutique skulle se ut som mitt hem. Den skulle vara enkel, ren, opretentiös och praktisk.

Men mitt startkapital var magert. Hur skulle jag kunna köpa inredning?

Som tur var, var det loppmarknad på Place des Abbesses (precis runt hörnet, du vet) den helgen. Och där fanns, jag lovar! Där fanns allt jag ville ha. En snygg karl, med olivgröna ögon och skrattgropar. Han hade exakt de prylar jag var ute efter. Vet du vad jag gjorde?”

”Nej?”

”Jag gick till banken och tog ut en ansenlig summa, införskaffade några smöriga croissanter innan jag gick tillbaka till killen och sa: Vad tar du för rubbet? Inklusive en sak, som jag förmodar inte är till salu. Vaddå? frågade han, och var hur söt som helst. Jag behöver en man, sa jag. Vill du?”

Emanuelle tar en djup klunk av sin kir och ser mer än nöjd ut över minnet. Jag stirrar förstummat på kocken, som tydligen är hennes man, som heter Gilles, som för tillfället är i färd med att skära upp en rykande pizza, och han nickar instämmande.

”Fast jag ville prova först”, flinar han. ”Två års prövotid innan ringarna kom på!”

Och sedan visar det sig, jag blir rörd när jag tänker på hur vackert det är, att Gilles är av samma skrot och korn som sin Emanuelle. Han har jobbat som journalist och designer, torghandlare och konsult. Och nu är han kock.

”Jag upptäckte att vårt kvarter bara hade restauranger för äldre”, berättar han. ”Brasserier, korvar fyllda av äckliga inälvor, fläskben och så vidare. När vi skulle på restaurang var vi alltid tvungna att åka någon annanstans. Varför? Vi lever i ett land med genial infrastruktur, varför kunde vi då inte äta, klippa oss, handla kläder, you name it, i kvarteret där vi bodde?

Så en dag, i metron, lade jag märke till hur många unga människor som åkte från just min station. Oj, tänkte jag. De måste vara i samma situation som Emanuelle och jag.

Självklart! Plötsligt såg jag: Mitt kvarter har byggts upp av de som är åttio år gamla i dag, och nu dör de ut! Vilka flyttar in? Ja, inte är de sextioåringarna precis – utan sådana som vi.

Jag bestämde mig omgående för att lära mig laga mat, slet som lärling på ett otal restauranger, lärde mig allt om mat, hur man skulle göra, men framför allt vad man inte skulle göra.

Och sedan, förra veckan, öppnade jag denna restaurang. En restaurang för oss nyinflyttade. En restaurang som uppfyller alla kriterier för vad jag tycker är bra. Och aldrig att jag gör avkall på det … Gissa hur det har gått?"

Jag skakar på huvudet.

"Invasion! Jag har inte en ledig sekund och Emanuelle måste lämna sin butik för att hjälpa till."

Mätt av utsökt pizza och mör av kir kan jag knappast finna ord för hur imponerad jag är av dessa modiga levnadskonstnärer.

"Ni skapar historia, du och Emanuelle", svamlar jag. "Vet ni det? Vilken är er hemlighet?"

"Vi vet vad vi vill bara", svarar Emanuelle lätt. "Och gör inga kompromisser", säger Gilles.

Jag reser mig, en aning vimmelkantig av intryck och alkohol. Livet ter sig plötsligt så enkelt. Som att bara spänna bågen, sikta på det man vill ha och skjuta. Fast … det är klart: Då gäller det att inte vela med målet. Man måste veta vad man vill ha, och hur kan man vara så säker på det? Jag suckar i smyg.

"Se till att inte hamna i en japansk guidebok bara", blinkar jag mot Gilles. *"A bientôt! (På återseende!)"*

■ CONCIERGELOGEN 224, RUE MARCADET

Det kändes tomt, både i entrén och inuti henne. Omöjligen skulle brevlådorna kunna ersätta den soliga morgonhälsningen. Vad visste den hemliga dörrkoden om hennes hemlisar? Och alla de andras? Hur kul skulle det bli att småprata i en porttelefon? När föreningen gjorde sig av med portvakterskan, bad de själen att lämna huset.

JE SUIS
DANS
L'ESCALIER
MERCI

16 BAL PÅ BRANDSTATIONEN

Jag ser dem varje dag när jag är här. Ibland står de utanför stationen och putsar på sin kromglänsande bil, ibland joggar de i grupp och ibland rycker de ut. Mina brandmän.

Pompiers du dix-huitième (Brandmännen i artonde arrondissementet).

Oh, så stiliga de är i sina välsittande mörkblå långbyxor med röda revärer, svarta blanka kängor och lång läderjacka. Ibland står de i bara skjortan med uppkavlade skjortärmar, så att varenda muskel syns. Artiga, kortklippta och starka. De är hjältar. I Frankrike toppar de popularitetslistan med god marginal. Tvåa kommer all sjukvårdpersonal och därefter är det ett stort glapp till trean, som garanterat inte är polisen eller Frankrikes president.

Dessa brandmän. Jag känner mig alltid lika blyg när jag möter dem på gatan. De ser ju så trygga och självsäkra ut. Och varför är alla så förbaskat snygga? Är det ett intagningskrav?

Men bäst av allt är ändå att brandmännen är till för oss. De står till vårt förfogande, så att säga. De ska rädda oss när det kniper och de har hela vårt förtroende i sin hand. Därför älskar vi dem på avstånd … utom just i kväll, fjortonde juli, Frankrikes nationaldag. För i kväll får vi älska dem nära. Det är bal på brandstationen.

I flera månader har brandmännen planerat för denna (årliga)

fest. De har gått runt i affärer och till organisationer och bett om bidrag till sin tombola (där man sedan kan vinna allt ifrån en oplockad höna till potatismjöl till en sånglektion). Därefter har de städat sin stora innergård, byggt en scen med högtalaranläggning, pyntat med lyktor och girlanger, och ställt fram bänkar för dem som inte orkar dansa eller stå. Ja, de har då tänkt på allt, brandmännen, för inget går dessa fantastiska män förbi.

Jag har klätt upp mig i vit klänning och silversandaletter. Olof, min man, är skamlöst tjusig i ljus linnekostym. Vi ser oss noga för där vi går, så att vi inte råkar träffas av någon smällare på vägen. I Frankrike kör man nämligen fyrverkeri på nationaldagen, och inte vid nyår.

När vi kommer fram till brandstationens pampiga ingång drar jag efter andan. Naturligtvis har brandmännen stationerat de vackraste exemplaren av sig själva just där, eftersom det gäller att locka in så många kvartersbor som möjligt. Och sympatiska som de är kör de inte med inträde heller, utan det är upp till var och en att köpa en lott eller fler. Herre min skapare.

Jag blir så knäsvag när de (uppklädda i silverhjälm och högtidsuniform) hälsar mig välkommen, *”Bonsoir et bienvenue, madame (Gokväll och välkommen, madame)”*, att jag måste stödja mig mot Olof.

Stämningen är som i en film om andra världskriget, då det festades som om det inte fanns någon morgondag. Kulörta lyktor och doft av blandad parfym, svett och kycklingspett.

Det vimlar av glada människor på gården och många känner jag igen. Slaktaren från hörnet, en postkassörska, bartendern från vår närmsta sylta **Le petit Caboulot** *(Den lilla syltan)* … och så min lilla *concierge (portvakt)* förstås. Hon fullkomligt avgudar brandmän, det har hon själv berättat, och skulle aldrig missa ett tillfälle till en dans med någon av dem, helst allihop. Så ovanligt att se henne utan sin blommiga städrock och förkläde, att se henne i högklackade skor. Och postkassörskan! Hon är lysande vacker i röd klänning och utslaget hår.

Julikvällen är het och folk är lättklädda. På scenen står den svenska sångerskan Åsa Björkroth, som har bott i Montmartre i tio år nu (och bland annat medverkat i det berömda bandet ”Kid Creole and the Coconuts”). Hon är mitt inne i en glad jazzlåt tillsammans med sin trio, men hinner ändå vinka till mig. För en svensk ser ju alltid en svensk när de befinner sig utomlands.

Mitt på gården står ett stort badkar fyllt med krossad is och champagneflaskor som aldrig tar slut. Utmed väggarna finns smala bänkar och bord, samt stånd med massor av tombolapriser.

”Jag är så nyfiken på vad vi har fått”, säger jag till Olof, som är minst lika nyfiken som jag. Vi har köpt varsin lott för två euro styck. Spännande. Det enda man kan vara säker på är att man får något. Varje lottnummer är nämligen bundet till en viss pryl.

Min lott ger en sprillans ny trehjuling (där visserligen ena pedalen saknas).

”Har du fött en unge i smyg?” flinar Olof, som i samma sekund får ta emot sitt paket. Ett par steppskor, storlek 43. Det syns att de har stått i skyltfönstret länge, för den vänstra skon är blekt av solen.

”Perfekt”, säger jag. ”Det är bara att sätta igång.”

Ingen av oss är särskilt förtjusta i att dansa, och att föreställa sig Olof i en galant steppkoreografi roar mig kolossalt. Jag skrattar så att jag kiknar och Olof ser lite generad ut. ”Upp och dansa med dig nu”, ler han, och puffar mig i sidan. ”Visa vad du kan.” Jag ser mig förstulet omkring. Några av brandmännen sitter beredda för utryckning, medan de andra är där för bara oss. Ifall larmet går har de sett till att de sker diskret, med blinkande lampor bara, för att inte störa i vår fest. Omtänksamt.

Brandmän i Frankrike har nog ett ganska roligt liv, filosoferar jag. Hur de alla bor där, med sina familjer, i varsin lägenhet på brandstationen. Barnvagnar står parkerade utanför några av ytterdörrarna och tvätt hänger på tork från en balkong. Så trevligt de måste ha det. Hur de kan jogga ihop, bilda matlag och turas om att sitta barnvakt. En riktig storfamilj.

Bandet drar igång en studsig "java", som är en sorts parisisk vals.

"Ut med dig nu, när du har chansen", manar Olof, "annars kommer du att ångra dig sen."

"Okej." Det är bara att kasta sig utför stupet och försöka landa, tänker jag, när jag morskt riktar stegen mot en brandman som ser ut som Richard Gere. Vad skulle kunna hända? Han kan inte neka mig, eftersom han är här för oss, eller hur? Han har ju fått order om att dansa!

Mycket riktigt. Artigt och fogligt tar han min arm och leder mig till dans. Det svindlar där jag snurrar runt, runt. Han är så bred om axlarna att det är svårt att få någon utsikt över alla andra.

En kryddig doft av rakvatten omger mig och jag seglar in i ett tillstånd av eufori. Jag är i famnen på en brandsoldat! Olof tittar på, det vet jag, och jag vet också att han njuter av att jag har kul. För detta är fullkomligt tillåtet och oskyldigt. Även om det känns en aning upphetsande att dansa med en total främling. Att hålla i varandra en gång och aldrig mer.

"Merci, madame", säger han artigt och bockar när dansen är slut, och jag vinglar omtumlad tillbaka till Olof, som med ett brett leende räcker mig ett glas.

”Varsågod, min sköna”, säger han. ”Det var väl inte så farligt?”

”Vill inte du dansa?” frågar jag och tar en klunk av alldeles äkta champagne.

”Nej tack”, svarar Olof. ”Jag dansar inte med brandmän.”

I ögonvrån ser jag plötsligt hur min *concierge* är omsluten av slaktarens kraftiga armar. Jag har då aldrig sett henne så lycklig förut. Vad är det som händer denna magiska kväll? **Bal des Pompiers**. Är det fortfarande brandmän som ligger på topp? Det ska bli mycket intressant att höra vad hon har att säga i morgon.

■ CIMETIÈRE DE MONTMARTRE

De slitna kassarna verkade så tunga.
Hon hade genast känt ömhet för den böjda gumman. Tänkt på hur sorgligt ett liv måste vara då man bara hade en gravsten att ta hand om. Och om hon skulle erbjuda sig att bära påsarna fram till makens grav. Istället hade hon följt gumman på håll. Nyfiken på vad som kunde väga så tungt. Det visade sig vara hemlagad kattmat i individuella plastburkar. En till varje liksom. Snacka om att vara väntad.

17 EN ANNORLUNDA UTFLYKT

En turkisk man i brun kostym och nikotingrått ansikte, pekar artigt med hela handen.

”Fem minuter”, säger han. ”Ditåt.”

”Merci!”

Jag har bestämt mig för att göra en utflykt och befinner mig i den lilla förorten Asnières, alldeles intill Montmartre. Här flyter nämligen floden Seine och eftersom jag, när jag vaknade denna klara morgon, plötsligt var sugen på att se vatten istället för berg, begav jag mig hit. Voilà!

Floden glittrar så inbjudande att jag först inte kan bestämma mig för i vilken riktning jag ska gå, då min svepande blick landar på en kyrkogård. Hurra! Jag som älskar franska kyrkogårdar! Och vilken tur att gården sträcker sig utmed kanten av Seine. Kyrkogård och Seine. Samtidigt. **Cimitière des chiens.**

Den pampiga kyrkogårdsentrén har en stor skylt: KYRKOGÅRD FÖR HUNDAR OCH ANDRA DJUR. Jag rycker till av vämjelse.

Vilken förolämpning mot katter! … och andra djur … att tvingas vila på en kyrkogård med en sådan etikett. Rasism, säger jag bara. Lika vidrigt som om vi skulle ha en kyrkogård för ”vita människor och andra raser”. Visst. Jag vet att det finns kyrkogårdar som även skiljer folk från folk, men om man nu ska ha en kyrkogård där alla så vackert får ligga och multna i samma mylla, varför ska då vissa särbehandlas? Och varför är en hund mer värd än en katt? Om en hund kostar som en resa till Las Palmas, kostar en katt en McDonald' s-meny. Det är orättvist. Jag retar mig så att det svider, men väl inne på kyrkogården tar det inte många sekunder innan min ilska tynar bort. Så trevligt, trots allt. Familjegravar med blandat hund och katt.

Promenadgångens kiselstenar knastrar under mina skor, fåglarna kvittrar och tiden står still.

Jag läser på en gravsten av prålig marmor med porslinsporträtt av två hundar och en katt.

Raton (Råtta) hette katten, som levde mellan 1970 och 1983, Tabou, terriern, levde 1970–1986, och den svarta pudeln Ulysse köptes 1983, antagligen som tröst till Tabou, eftersom katten då hade dött. Varför köpte de inte katt?

En gravid och ytterst levande kisse stryker sig oväntat runt min vrist. Stackare. Hon tror säkert att jag har mat, men det har jag ju inte. Bara grovsnusportion och tuggummi. Och som från ingenstans dyker det upp tio katter till! Och tio till!

Alla verkar så tama. Ja, de ser faktiskt riktigt välmående ut, inte alls så skabbiga som de hemlösa katterna på kyrkogården i Montmartre.

I ögonvrån upptäcker jag två kvinnor i övre medelåldern. De står framför en grav och krattar, sopar, spolar vatten och fejar, mycket energiskt. Två kvinnor på samma grav? Konstigt. Systrar, kanske. Den ena följer lojalt med den andra (som är den sörjande matten) för att stödja och hjälpa till. Vackert.

Och nu, som om det vore magi, dyker det upp katter överallt!

Det kryllar av dem, i blomsterlådor, på gravstenar, på statyer och i rabatter. Jag ser hur de två kvinnorna tar paus i sitt arbete och gullar med några av dem, sticker till dem lite mat och jollrar. Då förstår jag. Såklart att katterna dras hit! De rör sig ju garanterat bland djurvänner. Och bland gravstenar och monument förstås. Jag vet inte om det är sjukt, men det roar mig faktiskt att läsa gravstenar. Särskilt här i Frankrike, där det är bild på de flesta.

Min blick fastnar på en allvarlig boxer som tittar på mig med trötta ögon. "A notre Martin" står det under bilden, och jag blir full i skratt. Marmorn är rosa och Martin ser väldigt viktig ut, som ett kommunalråd eller en gammal kung.

Berömdheter finns även i djurens värld, minsann. På denna kyrkogård vilar till exempel skådespelarhunden Rintintin, som har gjort många bejublade huvudroller i fransk storfilm. *"La grande vedette du cinéma (Den berömda filmstjärnan)"*, står det på stenen, vilket borde betyda att Rintintin var av kvinnligt kön. Eller? Fast hon spelade ju alltid hane. Jag säger då det. Det är första gången jag stöter på en hund som är transvestit.

Här finns ett gäng champions också, världsmästare vid hundutställning som (näst efter kyrkogårdsgrundarens begravda hjältehäst) har den största stenen. Röd marmor omgiven av pelare och änglar. Jyckarna på fotot är stora och vita med tovig päls hängandes framför ögonen. Rastafrisyrer, bara nos och tunga syns. De ser ut som ett popband.

Jag strosar vidare bland gravarna: Mon Bébé, med den klassiska inskriptionen "mänskligare än människan". Mon petit Loulou, A notre Vinny, Dolly, Titus och Cybele ... gravplatserna är belamrade av krimskrams. Djurens favoritgossedjur, halsband, snäckor och porslinsdjur. Någon har målat av sin katt "Louby" i olja, någon har skrivit en dikt. Jag blir alldeles matt. Hur ser det månne ut i dessa mattars och hussars hem?

En bild av en lidande kvinna med katt, får mig att tvärnita. "Mon Kiki." Det syns tydligt att fotot är tagen i en simpel fotoautomat, med grå gardin i bakgrunden. Likväl har kvinnan låtit göra en porslinsplakett av denna bild. Så tragiskt. Det måste ha varit den enda bilden hon hade av dem. Tillsammans.

En av kyrkogårdens äldsta gravar är över Emma (12 april 1889 –2 okt 1900) med texten: "Enda vännen i mitt liv." Ännu mer tragiskt. Mina steg blir allt tyngre.

Men några meter senare muntras jag upp. En begravd apa! Apan ser ut som Pippis herr Nilsson och hette Kiki. "Sov, min älskling", står det. "Du var mitt livs glädje."

"Sviken av människan, men aldrig av min hund", står det någon annanstans. Var ska detta sluta?

Jag nästan snubblar över hönans grav, så liten är den. En höna! Någon har begravt en höna!

Jag lutar mig ned och inspekterar.

Det visar sig att hönan blev hela sexton år. "Min lilla sötnos", lyder texten. "Du var min bästa vän och jag kommer aldrig att glömma dig. Vi var så nära." Hönan levde mellan 1906 och 1922 och hette Cocotte, vilket bisarrt nog betyder "liten gryta". Snacka om att ha sitt öde stämplat i pannan. Som att döpa sin baby till "arbetslös".

De två kvinnorna (eller systrarna) i övre medelåldern tycks äntligen vara färdiga med sin uppgift och jag hör hur de pratar med en vildkatt, som de kallar Monsieur Fidel.

Jag ser också hur de håller varandra i handen, och börjar misstänka att de är ett par.

”Vilken fin grav”, säger jag. (Fast ärligt talat märks inte ett spår av deras ansträngning: solkiga silkesblommor, trasig spaljé och några slarvigt utspridda porslinsfigurer.)

De skrattar unisont med sina rödmålade läppar till kopparfärgat hår.

”Vi ska köpa blommor i morgon. I dag har vi bara gjort rent.”

Deras grav har bilder av två små hundar, som de har haft tillsammans, Tina och Kiki. (Väldigt vad namnet Kiki ligger högt på skalan av populära namn på husdjur i detta land.)

”Vi vill inte skaffa fler hundar”, säger de sorgmodigt. ”Det gör för ont att förlora dem.”

”Jag förstår”, nickar jag och vet inte vad mer jag ska säga.

”Vous aussi, est-ce que vous avez un chien enterré ici? (Har ni också en hund begraven?)” frågar de i mun på varandra, och jag förstår ingenting, men vill samtidigt inte avslöja det. Jag blir misstänksam. Vad är de ute efter? *”Non, merci”*, svarar jag bara, och går kvickt därifrån.

Precis före utgången passerar jag en sten som ger mig kalla kårar. Som rubrik står det: ”Dick (1915–1929). Hela livet, min enda vän.” Sedan fortsätter texten, guldgravyr, inristad i marmor, måste ha kostat en förmögenhet:

”Mitt liv med honom var fantastiskt, hans bortgång slungade mig till djupaste sorg. Hans minnen spökar och jag saknar hans beröring. Min ångest är djup. Ånger över att jag dristade mig till att ryta till honom ibland. Hur kunde jag vara så brutal? Hans rena oskuld borde ha stoppat mig, men nej. Det gör så ont.

Nu, när jag är mol allena, har jag inte längre förmåga att lita eller tro på någonting. Livet har dött ifrån mig. Ändå, i min förtvivlan, spirar en tanke som stärker mig: Dick var älskad av sin matte.

Denna tanke är det enda som håller mig uppe, som får mig att må lite bra."

Skakad av denna text rusar jag ut från kyrkogården. Jag känner de båda "systrarnas" ögon i nacken, men vänder mig inte om. Vilken kärlek! Sådana känslor! Avgrundsdjupt!

I detta labila tillstånd finner jag det inte lämpligt att ta metron, utan jag bestämmer mig för att promenera hem. Fyrtiofem minuters rask promenad skulle göra gott.

Hundar, katter och andra djur, filosoferar jag. Visst är de sköna. Guldkant på tillvaron, hjärta och livskvalitet. Luften är frisk. Jag drar ett djupt andetag och ökar spänstigt på stegen. Då, det finns inget värre än det ögonblick då man hänger där i luften och inte vet hur man kommer att landa ... halkar jag i en fet hundskit! Jag landar på svanskotan, mitt i den stinkande högen. "Faan!" Hur kunde jag glömma min hundskit-laserblick! Hur kunde jag vara så dum att jag bara trampade på, utan att rutinerat titta efter? Jag är generad och skäms. Satans hundar.

■ RUE FÉLIX ZIEM

Konstig nog liknade konstnärernas snabba teckningar alltid varandra. Men aldrig henne.

Ordinateur Avec Intel® Celeron® Processeur

18 HUR JAG SMEKER MIN KULLE

Jag brukar alltid ta kvällsplanet hem till Sverige för att få tillfälle att ta ordentligt avsked av mitt artonde arrondissement. Måste få göra en sista lov, tänker jag, måste få pissa in mitt revir, innan jag åker hem. Och effektivast är då att hoppa på den lilla bussen som heter **Montmartrobus**.

Det är en helt vanlig buss, där vanlig metrobiljett gäller, men den är ändå ovanlig, eftersom den är mindre än vanliga bussar och dess rutt är en envis åtta över berget Montmartre. Så härligt att få svepa över detta mitt paradis inom loppet av trettio minuter.

Montmartre är måhända inte så stort med sina 20 000 invånare, men där finns allt man kan önska sig och mer därtill. 18 teatrar, 190 restauranger, 30 gallerier och 40 hotell. Montmartre är till för den sugna, nöjeslystna och pilska. Och det beror ju som sagt på att Montmartre en gång i tiden hamnade utanför stadsmuren (som numera utgör *stadsringen, le périphérique*, runt Paris). Montmartre hamnade därmed bortom tull och annat tråkigt elände, vilket (för vissa) var mycket lyckat. Det blev billigt att dricka vin och att roa sig i Montmartre, billigt att vara glad och billigt att vara billig. Kort sagt: Det fanns ingen anledning (och finns fortfarande inte) att lämna kullen.

Jag hoppar på bussen på Rue Tourlaque, en liten gata som härförleden rasade ihop, så att de parkerade bilarna kanade av banan. Berget är ju ihåligt som en schweizerost, genomborrat av grottor och hemliga gångar, efter att under lång tid ha varit ett kalkbrott, så det är inte så konstigt att ytan krackelerar ibland. Och alla dessa sandvita fasader, som är så utmärkande för Paris, har fått sitt gips just härifrån. Därav uttrycket: "Det finns mer av Montmartre i Paris än av Paris i Montmartre."

Bussen svänger in på Rue Lepic. På nummer 54, fjärde våningen, bodde Vincent van Gogh med sin bror Theo. Vincent målade av huset mittemot, som för ett tag sedan köptes av en snubbe som tänkte riva det och bygga nytt. Vilket jag någonstans kan förstå att han ville, för detta hus är sannerligen inte vackert, ett sketet litet hus är vad det är. Men se det gick inte! Montmartreborna är strängt konservativa beträffande sin lilla by, och om ett hus är avmålat av Vincent van Gogh (tavlan hänger på Nationalmuseum i London) är det inte vilket hus som helst. Det blev folkstorm såklart och snubben fick vackert kapitulera och upphäva sitt köp.

Idag ägs det av en man som dyrt och heligt har lovat att inte ändra på en endaste flisa.

Bussen rullar förbi mysiga **Home sweet môme**. En bedårande blandning av färgglad barnbutik och café, där saftflaskor delar hylla med öl och vin. Som att kunna ta sig en öl på dagis.

En svart kvinna med två gulliga barn kliver på bussen och jag drabbas av ett genant minne. Min enda tröst är att franska är ett omöjligt språk, men jag rodnar likväl när jag tänker på det.

Snett under mig i mitt hus bor en svart familj med tre små barn. När jag sitter vid mitt köksbord kan vi vinka till varandra över gården och det är hur familjärt som helst.

En kväll, det var tryckande hett så våra fönster stod vidöppna, ropade de små flickorna något till mig. Jag fattade (som vanligt) ingenting, men dristade mig ändå till att försöka ropa "god natt" till dem. *"Bonne noir! (God svarting!)*"* skrek jag, om och om igen, tills det plötsligt slog mig att det var åt helvete fel. Så pinsamt.

En gammal tant med rutig shoppingvagn masar sig upp på bussen vid Moulin de la Galette, en mölla som härstammar så långt tillbaka som från 1622. Från början fanns det över trettio möllor i Montmartre (som var rena rama landet med böljande vinfält, getter och kor) men nu finns det bara två kvar och Moulin de la Galette är en av dem. Det var just här som den mustiga dans- och kabarékulturen föddes, och som konstnären Renoir gjorde odödlig med sina tavlor. När sedan cancan-dansen blev modern, posterades en ordningspolis strax nedanför scenkanten. Denne polis hade som uppgift att bevaka att tjejerna bar underbyxor. Vilket roligt jobb! Jag suckar av melankoli och önskar att jag hade varit med.

Ännu en gammal tant stapplar upp på bussen. Hon har lindade ben och käpp, stackarn. Det är inte lätt att bli gammal bland trapporna i Montmartre. Jag ser mig omkring i bussen. Så många de är, pensionärerna. Ibland känns det som att åka färdtjänst.

Vi svänger ut på vackra, kastanjekantade Rue Caulaincourt, gatan där Toulouse-Lautrec bodde och där det berömda caféet och brasseriet **Le Cépage Montmartrois** finns. Jag kan riktigt föreställa mig hur de sitter där i stora gäng, konstnärerna och dricker absint. Hur de bullrar och röker. Deras ande sitter lagrade i väggen. På något vis står ändå tiden still.

Vi slingrar oss ned till Place Jules Joffrin, där Montmartres envetne borgmästare har sitt residens, och sedan vidare upp igen. Rue

*Vad jag försökte säga var: *"Bonne nuit! (God natt!)"*

Custine. Jag blir rörd när jag ser att det är kö till **Sale & Pepe**, min lilla italienska restaurang. Kul att det går så bra för dem. Och lika bra tycks det gå för den nyöppnade restaurangen **Fresh**, som är fullsatt. Jag försöker få en skymt av Gilles, den snygge ägaren, men hinner inte, för nu är vi på väg upp. Bussen skramlar och skakar på kullerstenarna. Tur att den är så liten, den hade aldrig klarat de snäva kringelkrokarna annars.

En gubbe i basker hoppar på, på Rue Lamarck, där tanten med shoppingvagnen hoppar av. Hon måste bo här uppe, konstaterar jag, för inte ska hon då handla. Livsmedelsaffärerna försvann nämligen för längesen, till förmån för turistbutiker. Om man bor här uppe, måste man ta sig ned för berget för att få tag på mat, så är det bara. Det kostar att ligga på topp.

Jag blundar och försöker föreställa mig hur de var en gång. Hur slaktarbutikerna låg vägg i vägg med bagaren, som låg bredvid skomakaren, som låg bredvid vinbutiken. Det sägs att en Montmartrebo var så ovan vid främlingar på den tiden, att om slaktaren inte kände igen en kund vägrade han att sälja till denne. Det kvittade hur mycket kunden än var beredd att betala, han fick vackert gå tomhänt därifrån. Snacka om integritet.

Men var de inte vana vid främlingar förr så är de det nu, tänker jag när jag tittar ut genom bussfönstret. Det kryllar av turister uppe vid Sacré-Cœur (vilket betyder ”heliga hjärta”). Många tycker att denna bysantinska basilika (som inte är äldre än Eiffeltornet) är förskräcklig, men jag tycker att den är ball. Den syns mer än något annat, där den ligger på toppen av detta 130 meter höga berg. Sacré-Cœur är en kaxig byggnad, helt enkelt, liksom utsikten är vid dess trappa. Magnifik.

Bakom Sacré-Cœur, på norra bergsidan, skymtar Montmartres

■ KORSNINGEN RUE LAMARCK OCH RUE EUGÉNE CARRIÈRE

Sent på kvällen, när kylskåpet var tomt och suget stort efter, låt säga, jordgubbar, choklad och en kall flaska vitt, kunde hon tänka: Nu går jag till min arab. När skorna behövde nya sulor gick hon till sin kines. Bästa pizzan fanns förstås hos hennes italienare. MIN som i min man. Min familj. Med vad var hon för dem? Utländskan, kanske.

stolthet Les Vignes de Montmartre. En alldeles egen vinodling, som har funnits ända sedan tusentalet. Och enligt sägnen är vinet från Montmartre starkt urindrivande. Drick en liter och du kissar två, heter det. Ja, norrläge är ju inte det bästa läget för vinplantor, så det var kanske därför. Hur som helst. Den årliga produktionen är tusen halvlitersflaskor vin, svindyrt och äckligt, men lik förbaskat går de åt som smör på het sten. Så de har all anledning att vara stolta.

Place du Tertre. Här står alla de så kallade konstnärerna med sina stativ och här stod också Edith Piaf och sjöng, liten och späd och utan mikrofon. Jag ryser. Historien känns så påtaglig, liksom den urgamla restaurangen **Chez la Mère Catherine**. Det var här ordet "bistro" föddes någon gång efter Napoleonkrigen, då ryssarna ockuperade Montmartre.

Hur de törstiga kosackerna stövlade in och slog näven i bordet. "Bistro!" Gormade de. "Bistro!" Vilket är ryska och betyder "Fort!"

En orakad karl i safarihjälm och kamouflageuniform hoppar vigt upp på bussen. En klumpig kikare hänger runt hans hals och ur ryggsäcken sticker ett spretigt palmblad. Hade det inte varit för att vi befann oss just här hade jag tagit honom för en byfåne, men det är han inte. Han är bara en professionell gatuclown som just har terroriserat turisterna på Place du Tertre.

Bussen korsar Rue des Saules. Här ligger den kända kabarén **Au Lapin Agile**, den flinka kaninen. Detta ställe är ett av de få som inte har förändrats det minsta sedan 1900-talets början. Det är dyrt och turistigt att gå dit, men jag älskar det ändå. Lokalen är mörk och magisk och verkligheten därutanför är som bortblåst. Det enda som existerar är akustisk folksång och gemenskap över en öl. Vad mera behövs? Dessutom har ju alla varit här! Nils Dardel (mest känd för ”Den döende Dandyn”) och Picasso, Cézanne, Gauguin och Monet. Med flera, med flera.

Under denna period ägdes Lapin Agile av en munk, vars åsna stod bunden utanför. Det var dags för konstutställning i stan och Dardel, Picasso och några till satt där och gjorde sig en glad afton. Efter ett antal drinkar börjar de reta sig på begreppet konst. Vad är konst egentligen? Ser de ”fina” kulturherrarna, som sitter i styrelsen för konstutställningen, verkligen någon skillnad? Då får någon ur konstnärsgänget en briljant idé. Åsnan!

Sagt och gjort.

De sätter en målarduk bakom åsnans rumpa och färg på åsnans borstiga svans. Sedan busar de med åsnan tills den irriterat viftar på svansen. Och *voilà!* Konstverket är klart.

Någon undertecknar åsneverket med åsnans namn, Loulou. Och gissa vad? Jo, tavlan antogs till utställningen.

Bussen snirklar sig nedåt igen, förbi le Bateau-Lavoir, den kända konstnärsateljén där Picasso skapade kubismen tillsammans med Braque. Förbi den söta biografen **Ciné-Théâtre 13**, där man kan sitta i röda soffor vid ett litet bord och dricka champagne.

Ner, ner, återigen en liten bit på Rue Lepic, till Rue Drevet, ned mot Rue des Abbesses och till slutstationen Place Pigalle. Fast jag sitter kvar. Bussen byter chaufför och de kvarvarande kliver av, utom jag och en bohemisk kvinna som bär röda nätstrumpor till blommig kjol och har långt tovigt hår, smyckat med en tulpan. Vi ler mot varandra i samförstånd.

Bohemerna betraktade sig (liksom zigenarna) som ett slags nomader som levde under, över och vid sidan om det borgerliga samhället. De härstammar från Paris, där de först bodde i Quartier Latin. Sedan drog de till Montparnasse, för att senast i början av

1900-talet flytta till Montmartre, och idag bor de i Belleville. Som ständigt resande betraktar jag mig själv som ett slags halvbohem, och mitt slutmål med just denna resa är matgatan på nedre delen av Rue Lepic. Efter en stund startar bussen igen. Jag är lite sorgsen över att denna min smekning av kullen snart har nått sitt slut. Uppför Rue Houdon till Rue des Abbesses och till vänster. Jag hoppar av på en hållplats som heter Tholozé, så nära Rue Lepic jag kan komma. Men det är bara bra att jag inte kom ända fram, för jag strövar så gärna en liten avskedspromenad på livfulla Rue des Abbesses.

Dofterna och ropen från matgatan fyller mig med glädje och välbehag. Alldeles i början ligger **Au Nom de la Rose**. En utsökt butik som har specialiserat sig på enbart rosor. Och det är ju det som är så roligt och varierande i denna franska shoppingvärld. Vissa butiker har verkligen bestämt sig (till exempel **L'Escargot de la Butte**, en butik som enbart säljer sniglar!) ... medan vissa inte har kunnat bestämma sig alls. I en klädesbutik kan man ibland hitta allt från kastruller till råttgift eller ett överblivet lager av mobiltelefoner. Oftast brukar de då ha lagt till ordet *cadeaux (presenter)*, eller bazar under sin reklamskylt, för att inte förvirra sina kunder alltför mycket, men lika ofta skiter de i det. Jag säger då det. Att shoppa i Montmartre kan vara ett äventyr, men framför allt är det en gommens fest. Grillade kycklingar glänser i kapp. Ostbutikerna skryter med hela 250 olika sorter, stinna grönsaksberg och fisk och skaldjur, läckert upplagda på bäddar av krossad is och kastanjelöv. Jag blir alldeles till mig. Var ska jag börja?

Jag är medveten om att de flesta fransmän tar sina matinköp på djupaste allvar. De vet var de ska gå och de vet vad de vill ha, om de så ska behöva stå i kö utanför sitt favoritbageri i en halvtimme.

Jag känner mig lite vilsen. Vad vill jag ha? Comté-ost och anklever såklart (som alltid) och mörk choklad. Detta är varor som jag envisas med att ta med mig hem till Sverige. Jag är inte förmögen att lämna mitt Montmartre utan att få med mig en bit hem, och vad är då bättre än en smakbit. Och doft. Lite spännande kryddor kanske?

Jag går in i en vacker liten butik (snett mittemot caféet i "Amelie från Montmartre") som heter **Comptoir Colonial**. Aromen som möter mig är bedövande. Jag gnuggar händerna. Så kul att få hem kryddburkar med fransk text på. *Noix de muscade (Muskotnöt)*. En vacker burk med hela nötter, och i burken ligger också ett rivjärn i miniformat. Så gulligt! Förutom muskotnöten köper jag en jätteburk med provencalska örter, en krydda som passar till det mesta.

Och till osten och anklevern köper jag några flaskor gott vin, och så (naturligtvis) en baguette. Ungarna där hemma skulle lyncha mig ifall jag inte släpade hem en baguette. Det är konstigt. Mycket kan de göra i Sverige, men inte en hederlig baguette! Varför? Är det mjölet det är fel på? En svensk baguette växer som en degig vetebulle i munnen, den är på gränsen till söt och den håller sig färsk hur länge som helst, vilket är ett mysterium. En riktig baguette ska ju bli stenhård efter en halv dag, eller hur? Jag fattar det inte.

Och jag fattar fortfarande inte franska. Det enda jag fattar är att jag snart kommer att sitta på ett flyg, på väg hem. Det känns lite svårt, därför känns inte detta beslut svårt att fatta:

Je suis une Montmartroise. Jag kommer snart igen.

■ STUDIO 28

Hon älskade tjejfilmer. Framförallt sådana som påminde om hennes eget liv. Och det gjorde de ju nästan alltid.

GUIDE

TOILETS OF THIS BAR IS ONLY FOR CUSTOMERS
THANK YOU.
5mn FUNICULAIRE
18mn SACRÉ-COEUR
10mn AMÉLIE POULAIN
7mn MARCHÉ ST PIERRE
5mn THEATRE DE L'ATELIER

Montmartrekullen toppad av den gräddvitlysande kyrkan Sacré-Cœur är det första man ser när man närmar sig Paris. Turister borde börja sin visit med en promenad upp dit, inte för att titta på kyrkan, utan för att njuta av den underbara utsikten över stan. Helst i skymningen, för då är det som vackrast.

Men Montmartre är mycket mer. Den stora byn – 1963 var Montmartre Frankrikes tredje största stad! – lockar framförallt med sin bohemiska charm. Och genom att varje krokig kullerstensgata, varje litet hus kan berätta en saga.

Allt som är unikt och underbart lockar turister i stora flockar. Montmartre är inget undantag. Fast som tur är dras de flesta bara fram till Sacré-Cœur och den vidunderligt sköna, men av hötorgskonst vanställda Place du Tertre. Vill du undvika trängsel, besök platsen sent på natten. Eller på vintern. Då har Montmartrebor sin by alldeles för sig själva.

På platsen finns också informationsbyrån *Syndicat d'Initiative de Montmartre*, ett utmärkt ställe att få reda på vad som är på gång.

La Butte Montmartre

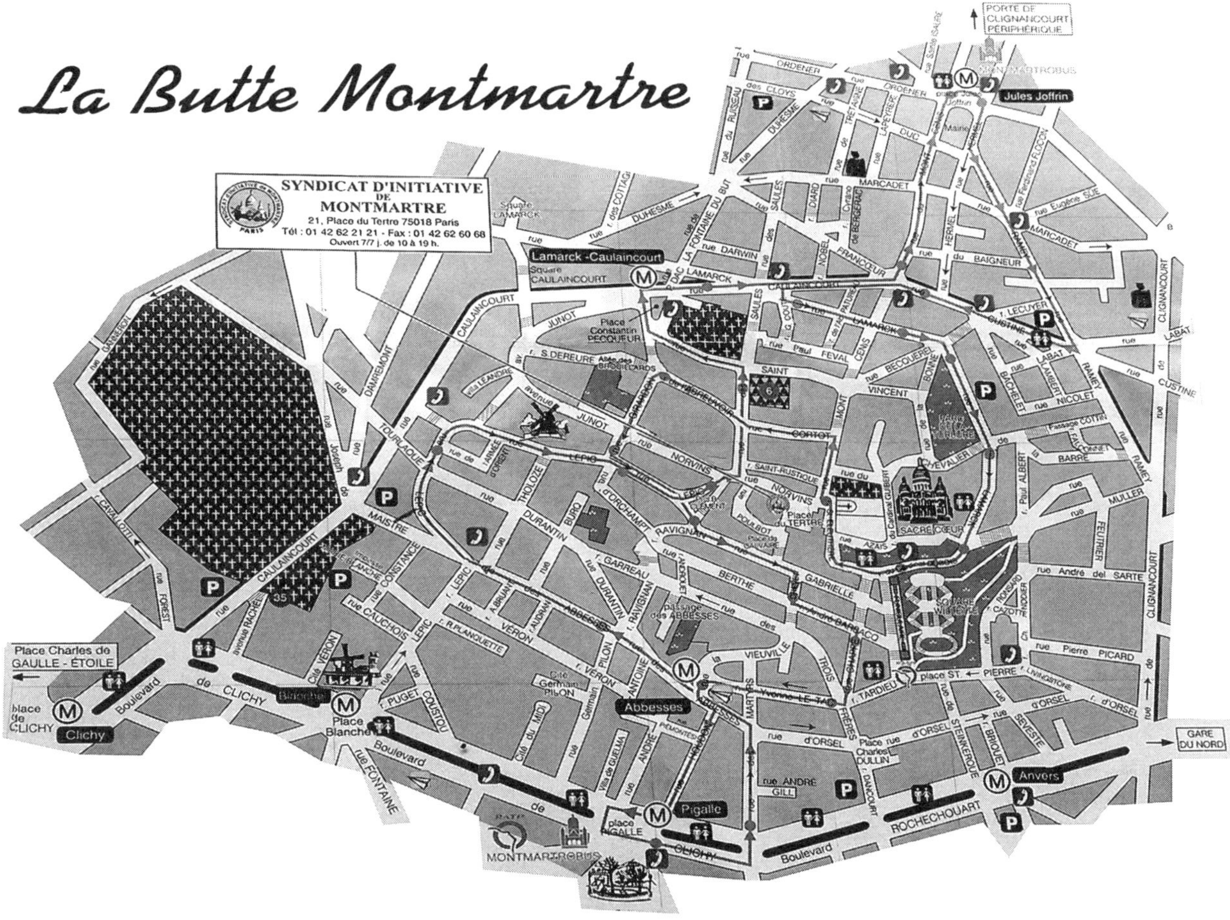

Rundturer......................................

Med guide:

• **Nicole Laignel-Lavastine** *Tel. 01-426 461 93*
Tar två timmar. En person 30 euro, två personer 40 euro osv. Denna underbara bohemiska äldre dam vet allt om Montmartre och dess berömda konstnärer. Nicole är svensktalande franskklärarinna och erbjuder inspirerande turer varvade med konversationskurs på franska.

• **Allo Visite** *Tel. 08-926 825 11*
0,34 euro i minuten. Kräver mobiltelefon. Mer information vid Initiative Montmartre. Ganska märklig sightseeing. Man promenerar från ställe till ställe med örat fastklistrat vid mobilen. En engelsktalande skådespelare berättar om historien och annat.

På egen hand:

• **Montmartrobus**
Stadsbuss runt hela byn, cirka 20 minuter. Kostar en metrobiljett. Huvudstationer på baksidan vid Metro Jules Joffrin och på framsidan vid Place Pigalle. Billigaste, enklaste och minst ansträngande sättet att ta en rundtur på kullen. Du ser i princip allt – om än från håll – och kan hoppa av om du vill titta närmare på något. Fast ingen berättar vad det är du ser.

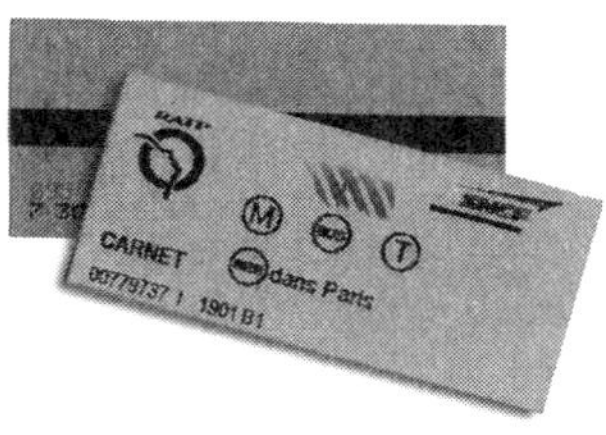

• **Matgatan Rue Lepic** Öppet tis.–lör. kl. 9–13 och 16–19.30, sön. 9–13. Här finns det riktiga livet, kulinarisk poesi. Och framförallt människor som låter sig inspireras av en bit kött eller en vällagrad ost.

• **Avenue Junot och Villa Leandre**
Montmartres finaste kvarter. Ta en lugn och vacker promenad upp till toppen, kantad av hus med mycket historia. Minnesplaketter påminner om konstnärer som bodde här.

I Amelie Poulins fotspår:

Underbara filmen "Amelie från Montmartre" (har du inte sett den än, gör det nu) har förändrat hela byn. Huspriser har stigit och barägarna pekar numera ut vägen till Amelies "Tabac" istället för till Sacré-Cœur.

• **Bar des 2 Moulins** *15 Rue Lepic*
Här jobbade Amelie. Allt ser ut som i filmen, förutom glasrutan som Amelie skrev menyn på. Den var bara rekvisita.

• **Metro Place d'Abbesses**
Fantastisk jugendentré. Tar du den långa trappan ner och sedan en annan upp får du en permanent konstutställning på kuppen. Väggarna har målats av lokala förmågor. Tema: Montmartre så klart.

• **Amelies grönsakhandlare**
Hörnet Rue des Trois Frères och Rue Androuet
Den riktige ägaren heter Ali Mdoughi har låtit dekorationerna från filmen sitta kvar. För övrigt är han jättesnäll.

Kyrkogårdar, oaser, museer och sånt.....

• **Cimetière de Montmartre** *20 Avenue Rachel*
Mån.–fre. kl. 8–17.30, lör. 8.30–17.30, sön. 9–17.30.
Anna-Lena brukar alltid hälsa på discosångerskan Dalidas grav när hon kommer till Montmartre. Ta en liten promenad du också på denna vidunderliga kyrkogård.

• **Cimetière des chiens** *4 Pont de Clichy, Asnières-sur-Seine*
Tel 01-408 621 11. Tis.–sön. sommar kl. 10–17.30, vinter 10–16. 3 euro.
Anna-Lenas andra favoritkyrkogård. Här vilar hundar, katter, en häst, en apa och en kyckling och påminner om människans längtan att hitta någon som verkligen älskar henne.

• **Les Fusains** *22 Rue Tourlaque*
Öppet (om du har tur) på vårdagar. Så fin, så orörd av nutiden att det nästan gör ont att berätta om denna hemliga oas. Som Törnrosa sover historien bakom denna dörr. En förtrollad konstnärsbakgård, ett gytter av överväxta smågränder där skulpturer lite varstans tittar fram bland vilda buskar. Här jobbade Max Ernst och Jean Arp. Idag slåss arkitekter med rika konstnärer om att få en lägenhet här. Schhh!!! Lyckas du komma in, kom ihåg att du befinner dig på privat område.

• **Lilla Afrika** *Rue Poulet, Rue Myrrha*
Vid tunnelbanstationen Barbès Rochechouart börjar det som vi kallar för lilla Afrika. I verkligheten heter det Goutte d'Or, gulddroppen, fast namnet passar illa till detta extremt fattiga men exotiska kvarter. Här kryllar det av färgglada svarta kvinnor med bebisar fastsurrade på ryggen. Arabiska män hänger hela dagen på sjabbiga tehus, barn spelar boll mitt på gatan. Men framförallt älskar vi marknadens okända dofter och främmande frukter. En fantastisk upplevelse, om än inte helt ofarlig. Det här är kvarteret med Paris högsta kriminalitet.

• **Parc de la Turlure** *Bakom Sacré-Cœur, ingång korsningen Rue de la Bonne och Rue Lamarck*
Montmartres finaste park, lagom stor med utsikt över takåsar, en mysig pergolaallé och små kärleksalkover att sitta och hålla hand i. Bra picknickställe.

• **Le Musée de l'Érotisme** *72 Boulevard de Clichy Tel. 01-425 828 73*. Öppet kl. 10–02. 7 euro. Ganska tamt med tanke på att det befinner sig mitt i världens erotiska centrum. Men de har fina franska kort.

• **Dalí Espace Montmartre** *11 Rue Poulbot*
Öppet kl. 10–18. 7 euro. Kultmuseum för dem som älskar Dalí. Inget för de andra.

• **Kärleksmuren vid Place d'Abbesses**
På en mur i miniparken kan man läsa "jag älskar dig" på alla världens språk.

Vi tycker att det bara finns två sätt att se en stad. Antingen åker man billig charter och håller sig sedan så långt borta som möjligt från det ospecificerade rummet genom att roa sig ute och spendera pengarna på kläder istället. Eller så kostar man på sig ett fint hotellrum som man verkligen trivs i och tar det lugnt. I Montmartre kan de flesta hotell skryta med några enstaka rum med utsikt, över takåsar, över stan. Vi har gått runt och kollat in pärlorna. Några är lite dyrare, men då vill man nästan inte lämna rummet heller. Alla som åker på semester reagerar starkt på vad det kostar att ha roligt. Med en begränsad reskassa kan ett resmål snabbt kännas dyrt, framförallt då man gör betydligt fler saker borta än hemma. Ju fler saker att göra, ju snabbare sinar pengarna.

Och lockelsen heter Montmartre.

• **Villa Royale****** *2 Rue Duperré*
Tel. 0033-(0)1-553 178 78. www.leshotelsdeparis.com
Två pers. 180–250 euro (lyx). På Place Pigalle, mitt i erotikkvarteret. Otroligt lyxig neobarock-inredning med flashiga färger och roliga möbler, några rum har även flatscreen-tv i guldram och stor jaccuzzi. Fin utsikt från översta våningarna.

• **Terrass Hôtel****** *12–14 Rue Joseph-de-Maistre*
Tel. 0033-(0)1-460 672 85. www.leshotelsdeparis.com
Två pers. från 225–248 euro. Stort flott hotell med fräscha och elegant nyrenoverade rum, några med utsikt över stan. Vid fint väder dukas frukostbuffén på terrassrestaurangen uppe på taket. Oslagbar utsikt.

• **Timhotel Montmartre** ** *11 Rue Ravignan, Place Émile Goudeau*
Tel. 0033-(0)1-42 55 74. www.timhotel.com
Två pers. 110 euro, med utsikt 125 euro, tre pers. 165 euro med utsikt. Oj, vilken fin utsikt ... och den fina platsen framför ... Hotellet är enkelt men mycket sympatiskt. Fråga efter rum 517 som har utsikt åt tre håll. Även från rum 414 (trippel) och 415 har man oslagbart blickfång.

• **L'Ermitage** ** *24 Rue Lamarck*
Tel. 0033-(0)1-426 479 22
Två pers. 82 euro, tre pers. 104 euro, fyra pers. 120 euro. Obs! Inga kreditkort. Högst uppe på kullen ligger detta lilla charmanta hotell. Blommiga tapeter, franska stilmöbler och dessutom utsikt över takåsarna från många rum.

• **Comfort Hôtel Place du Tertre** ** *16 Rue Tholozé*
Tel. 0033-(0)1-425 505 06. www.comfort-placedutertre.com
Två pers. 95–100 euro. Modernt, enkelt med fin utsikt från de översta våningarna.

• **Hôtel Le Bouquet de Montmartre** ** *1 Rue Durantin*
Tel. 0033-(0)1-460 687 54. www.bouquetdemontmartre.com
Två pers. 64–80 euro. Gammaldags Montmartreromantik med tendens åt För Mycket. Men kul.

• **L'Utrillo** ** *7 Rue Aristide Bruant*
Tel. 033-(0)1-425 813 44
Två pers. 67 euro, 3 pers. 85 euro. Enkelt och billigt.

Montmartre är shoppingparadiset för den som älskar småbutiker. Här skräller inga kedjevaruhus dörr i dörr och säljer likadana plagg. Istället får man en aning om hur det kändes att handla förr i tiden, då varje butik hade sin alldeles speciella atmosfär. Även nu säljer många egen design. Flera unga, ännu okända modeskapare har installerat sig på berget. Shopping på Montmartre är kul och exlusivt utan att vara alltför dyrt. Vi vill faktiskt påstå att vår by är den trendigaste i hela stan.

De flesta butikerna ligger utspridda längs med ströget Rue des Abbesses och dess förlängning Rue d'Orsel, och bakom torget, Place d'Abbesses. Lördag är den roligaste shoppingdagen. Då är det fullt av liv och öppet från 10, 11 till minst klockan 19. Många stänger först 20.00. Även på söndagseftermiddagen har många öppet, fast lite mer oregelbundet beroende på säsong och framför allt på butiksägarens ork. Däremot har många stängt måndagar.

Kläder och accessoarer............

• **Antoine et Lili** *90 Rue des Martyrs. Tel. 01-425 810 22*
Okej, okej, denna underbart kitschiga butik finns även nere i stan, jo, den har till och med öppnat en filial i London. Men vilket ställe! Inredningsprylar som skriker indiskt-afrikanskt-kinesiskt kitsch. Ett eget mycket bra klädmärke, accessoarer, mycket för ögat.

• **Bonnie Cox** *38 Rue des Abbesses. Tel. 01-425 495 68*
En av våra favoriter. Hit går faktiskt även H&M-designerna när de är i Paris – för att kolla vad som gäller ... Bra urval kläder av okända designers, eget märke, skor och smycken.

• **Brise Miche** *6 Place Charles Dullin. Tel. 01-425 200 11*
Åhhh! Vilka underbara hattar! Visst kostar de en del, men så brukar det ju annars vara nästan omöjligt att hitta en som man klär i. Michèle gör bara det unika.

• **Le Corner** *21 Rue Houdon. Tel. 01-425 819 19*
Unga dyra märkeskläder i trendig lokal lite off-ströget. Mest street wear för tjejer och killar.

• **La Citadelle** *1–3 Rue des Trois Frères. Tel. 01-425 221 56*
Drömstället för den som älskar att göra klipp. Ett stort urval av fjolårets designerkollektioner, till exempel Stella Cadente, till bara en bråkdel av ursprungspriset. Vänlig och ärlig (!) rådgivning.

• **Lingerie Sexy** *75 Boulevard de Clichy. Tel. 01-487 414 16*
Här hittar du med säkerhet en riktigt häftig suvenir från Montmartre. Stort urval erotiska underkläder. Ägarinnan ger gärna professionella och opinsamma råd till nybörjare och fegisar.

• **Gaspard** *53 Rue d'Orsel. Tel. 01-425 599 40*
Lokalen delas mellan en otroligt skicklig snickare som gör bokhyllor på beställning och en framgångsrik kläddesigner som själv sitter och syr sina exklusiva, udda plagg i butiken. En blandning av fräckt omarbetad second hand och mycket kvinnliga finkläder. Tyvärr oftast bara i små storlekar.

• **Heaven** *83 Rue des Martyrs. Tel. 01-449 292 92*
En salig blandning, allt i egen design: fräcka kläder, underbara smycken och otroligt roliga lampor med fjädrar och pärlor.

• **Jabi** *15 Avenue de Clichy. Tel. 01-429 367 45*
Här tar jaktfebern över. Bara man letar ordentligt i lådorna blir det garanterat stort byte. Eller vad sägs om en Dieselmanchesterblus för 7.50 euro, ett par Pépéjeans för 12 euro eller Calvin Kleins behå och trosor för 3 euro per del?

• **Jinfa** *4 Avenue de Clichy. Tel. 01-429 485 55*
Hos dessa vänliga kineser hittar du hand- och resväskor från bland annat Kippling, Lancaster, Samsonite och Delsey till otroligt bra priser.

• **Kiss me Kosmonaute** *17 Rue la Vieuville. Tel. 01-425 111 11*
I denna underbara lilla affär hänger våra drömmars klänning. Sommar som vinter, bara i olika tyger. Den tar fram det bästa i varje kvinna, formar kroppen som en skulptör. Ack, men priset … Några av kläderna kan beställas i större storlekar. Vänlig och kunnig ägare.

• **Nuits Bleues** *66 Rue Damremont. Tel. 01-426 463 50*
Montmartres rykte till trots finns det inte många underklädesaffärer. Fast i denna minibutik kan man frossa i underbara plagg. Ett fint urval av stora märken.

• [**omiz**] *8 Rue des Abbesses. Tel. 01-425 213 30*
Ägarinnan Emanuelle har en träffsäker smak och säljer bara kläder hon själv skulle ha på sig. Extremt hög trendfaktor.

• **Opta** *25 Rue des Abbesses. Tel. 01-426 271 42*
Även på 1–3 Rue Lepic. Tel. 01-42 58 04 05
Välsorterad och lagom trendig glasögonbutik. Personalen är extremt kunnig och hittar med säkerhet just dina brillor. Även underbara handgjorda kedjor att ha på läsglasögonen. Gratis kaffe.

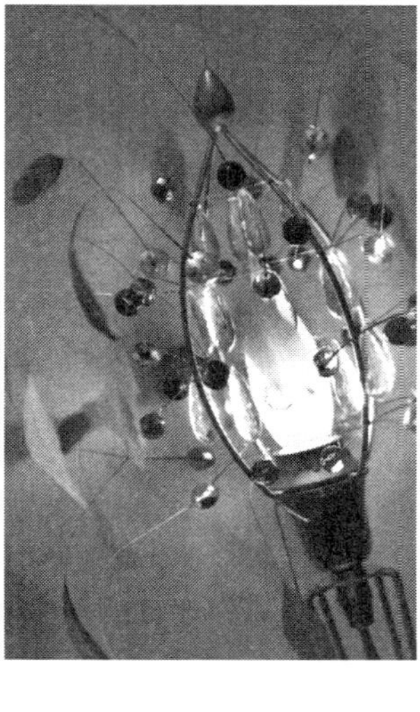

• **6ème élément** *20, 22, 25 och 30 Rue Durantin. Tel. 01-425 833 19*
Öppet alla dagar till kl. 22. Succén fortsätter! Herr och specialdesignat dam på nr. 30, konfektion dam på nr. 25, inredningsprylar på nr. 20 och så öppnades precis en skoaffär på nr. 22. Gatan är fast i sjätte elementets trendiga grepp. Gratis kaffe.

• **Sausalito** *31 Rue Lepic. Tel. 01-422 372 92.* Skor, mest bekväma typ Camper.

• **Sac & Sac** *30 Rue des Abbesses. Tel. 01-426 451 11*
Väskor, skor och inredningsprylar.

• **spree** *16 Rue la Vieuville. Tel. 01-422 342 40*
Här möts mode, design och konst i en ganska udda fabriksmiljö. Kläderna presenteras som konst, konst som design och design som bruksvaror. Spännande och ganska exklusivt. Isabelle Marant, Preen, Comme des Garçons-Comme des Garçons.

• **Stock Griffes** *1 Rue des Trois Frères (på hörnet). Tel. 01-425 542 49*
Fjolårets designerkollektioner till nedsatta priser. Framför allt av märket Lillith, som även stora kvinnor klär bra i.

• **roxan** *25 Rue Lepic. Tel. 01-425 247 70*
Märkeskläder med klass. Bland annat Paul & Joe, Nais, Marc de Marc Jacobs och Tie & dye.

• **Tati** *4–38 Boulevard Rochechouart. Tel. 01-552 950 00*
Antingen hatar man lågprisvaruhuset Tati eller så är man beroende. Bland allt skräp som tornar upp sig i backar längs med hela gatan och på alla våningar finns nämligen alltid någonting som får hjärtat att slå fortare. Ibland ett par fantastiska finskor för 12 euro, eller läderjeans för 14.50 euro, och någon gång en italiensk kashmirkappa för bara 29.90 euro. Som du förstår så är vi starkt beroende.

Prylar, sniglar och annat kul...

• **Bonjour l'Artiste** *35 Rue des Trois Frères. Tel. 01-425 144 53*
Allt för professionell gatuteater, men även roliga smågrejor och udda trollkarlstricks.

• **Comtoir Colonial** *22 Rue Lepic. Tel. 01-425 844 84*
Som det doftar. Och så vackert. Man vill bara köpa allt. Kryddor i lösvikt, olivolja, senap.

• **David Emery Creation** *52 Rue d'Orsel. Tel. 01-557 976 56*
Handgjorda lampor i ståltråd och sammet. Mycket vackert, men inte billigt. Även på beställning.

• **L'Escargot de la Butte** *48 Rue Joseph de Maistre Tel. 01-462 738 27.* Öppet tis.–lör. kl. 8.30–19.30. Egentligen ville vi inte ta med några mataffärer i den här guiden, för de är nästan alla bra. Men en affär som bara säljer sniglar – färska eller på burk. Anna-Lena älskar, Katrin säger börk.

• **Home sweet môme** *61 Rue Lepic. Tel. 01-425 788 93*
Öppet tis.–sön. kl. 11–19.30. Roliga handgjorda inredningsprylar, leksaker, kläder och porslin till barn. Är även ett café där föräldrarna kan njuta av t.ex. vin och sallad medan den trötta ungen får ett roligt mellanmål. Hur gulligt som helst.

• **Au Nom de la Rose** *31 Rue Lepic. Tel. 01-425 506 06*
Blomsteraffär med enbart rosor. Det läggs ner mycket möda på att slå in dem vackert.

• **Novitas** *19 Rue Vieuville. Tel. 01-422 322 87*
Öppet tis.–lör. kl. 14–19. Kulturchock! På en krokig bakgata i Montmartre, komprimerat i en liten affär, hittar du det bästa som finns inom nordisk design. Prylar, möbler, lampor.

• **L'Or et le Sel** *54 Rue d'Orsel. Tel. 01-534 101 00*
Ägarna åker regelbundet till Indien och Tibet på jakt efter nya skatter. Inredning, hantverk, små ovanliga prylar.

• **Pylônes** *7 Rue Tardieu. Tel. 01-460 637 00*
Jätterolig prylaffär. Här hittar du säkert småpresenter att ta med dig hem.

• **Senteurs de fée** *47 bis Rue d'Orsel. Tel. 01-425 225 98.*
Eteriska oljor, äkta (!) rökelse och kosmetiska väldoftande naturprodukter.

• **Trait** *52 Rue des Abbesses. Tel. 01-422 325 32*
Saknar du penna och papper? Här hittar du de finaste!

Tyg

Montmartre är tygparadiset på jorden. Dörr i dörr ligger dessa himmelska billiga affärer. Våra favoriter ligger kring Place Saint Pierre vid foten av Sacré-Cœur. Här bara några stycken:

• **Marché Saint Pierre/Dreyfus** *2 Rue Charles Nodier. Tel. 01-460 692 25*
Stället! Om du inte hittar något här, kan det bara bero på att du inte är intresserad. Billigt, jättestort urval.

• **Mercerie Orsel** *9 Rue d'Orsel. Tel. 01-425 590 49*
Exklusiva tyger och knappar.

• **Tissus Orientaux** *19 Rue d'Orsel. Tel. 01-425 517 54*
Tygerna är kanske inte så roliga, mycket tingeltangel. Men de har också härligt pinglande höftbälten, paljettkorsetter och pärlbroderade tofflor. Riktigt underbar dålig smak.

• **Toto** *5 och 49 Boulevard Barbès. Tel. 01-425 290 53*
Toto finns över hela stan. Några affärer är jättestora, några pyttesmå. Här hittar du vacker afrikansk vaxbatik till kilopris, men även annan billig metervara, handdukar och porslin.

TA ETT GLAS

Cafékultur i Montmartre betyder rökiga lokaler, folk som skriver dagbok eller läser i ett hörn, konstnärstyper som i flera timmar sitter över en halvdrucken öl på en uteservering och flörtar med förbipasserande kvinnor, fnittriga tjejer och gamla transvestiter, ja, mer bohemisk stämning får man leta efter. Från sju åtta på morgonen till minst två på natten. I Frankrike är det nämligen inte det minsta fult att dricka före solnedgången. Men många föredrar en liten espresso istället för det rävgift man får när man beställer ett glas ospecificerat vin.

Trendiga låtsascaféer boomar överallt i världen. Men i Montmartre finns den äkta varan.

Här följer några av våra favoritställen. Men framförallt älskar vi att slå oss ner vid zinkdisken på första bästa Café-Bar. Hur sjabbigt det än ser ut. För det är just där man insuper livet.

• **Le Sancerre** *35 Rue des Abbesses. Tel. 01-425 808 20*
Den mest kända baren i Montmartre. Stökigt och trevligt. Strategisk uteservering.

• **Le Saint-Jean** *23 Rue des Abbesses. Tel. 01-460 613 78*
Några meter bort från Le Sancerre ligger denna lika trevliga, men något mer okända bar. Här finns det säkert plats.

• **Le Bruant** *59 Rue des Abbesses. Tel. 01-460 655 08*
Här tar kvartersfolk sitt kaffe eller pastis, tar det lugnt och tittar på musikvideor eller fotboll på stora teven.

• **Le Progrès** *7 Rue des Trois Frères. Tel. 01-425 133 33*
Så här ska ett café se ut! Om det inte vore för – jo, tyvärr. Allvarlig rökvarning.

• **La Divette du Moulin** *98 Rue Lepic*
Tel. 01-460 634 84
Populärt ställe bland skådespelare och författare. Är även en bra restaurang.

• **Les Caves des Abbesses** *43 Rue des Abbesses*
Tel. 01-425 281 54
Öppet mån.–fre. kl. 13 till cirka 21, lör.–sön. 12–20. Härlig opretentiös vinbar, ett otroligt urval goda viner. Även små läckra charkuteri- eller osttallrikar att ha till.

• **Le Cépage Montmartrois** *65 Rue Caulaincourt. Tel. 01-46 95 15*
Ett av byns äldsta caféer. Här satt de gamla konstnärerna och drack sig galna på absint.

• **La Fourmi** *74 Rue des Martyrs. Tel. 01-426 470 35*
Trevligt ställe i närheten av Place Pigalle, ungt och ganska trendigt.

Fransmän äter inte för att bli mätta. Lika lite som de älskar för att få barn. De vill njuta. Av doften, smaken, den vackra uppläggningen. – MMMH, säger de och tar en liten tugga till. – DELIKAT! Just det. Delikat. Inte genomstekt, inte överkokt, allt färskt från marknaden. Det låter gott. Fast ärligt talat, det kan kännas lite överdrivet ibland. Framförallt då den höga kokkonsten oftast slutar med en saftig restaurangnota. Vi föredrar lite mera opretentiösa matställen. Och sådana där man får mat även före klockan tjugoett. Som tur är finns det gott om sådana på berget.

• **Fresh** *49 Rue Custine. Tel. 01-426 289 31*
Öppet tis.–sön. lunch och kväll. Ny typ av restaurang, där självlärde kocken och ägaren Gilles står i köket och lagar just den mat han har lust med. Därav de dagligen varierande menyerna. Fast några läckra pizzor finns det alltid med. 70-tals-skolmatsalsatmosfär. Trendigt kvartersfolk. Billigt.

• **La Villa des Abbesses** *61 Rue des Abbesses. Tel. 01-425 796 77*
Öppet alla dagar kl. 9–02. Ät gott i vacker och vänlig hemmamiljö. Servering hela dagen. Även uteservering och café. Inte alltför dyrt

• **Le Relais Gascon** *6 Rue des Abbesses. Tel. 01-425 858 22*
Öppet alla dagar kl.10–02. Jättesallader och allt det goda från sydvästra Frankrike. Billigt

• **Le Petit Caboulot** *6 Place Jaques Froment. Tel. 01-462 719 00*
Öppet mån.–lör. lunch och kväll. Caboulot betyder "syltan". Och det är just vad det är. Vår sylta. Härlig stämning, hyfsad mat och inga turister. Billigt.

• **Sale & Pepe** *30 Rue Ramey. Tel. 01-460 608 01*
Öppet mån.–lör. lunch och kväll. Sale & Pepe är himmelriket för den velige med beslutsångest inför alltför intressanta matsedlar. För här äter man vad som serveras. Bara vegetarianer får dispens. En antipastatallrik, en pizza + en pastarätt. Underbart opretentiöst italienskt. Trångt (reservera!) och billigt.

• **La petite Syrah** *15–17 Rue Joseph de Maistre*
Öppet tis.–fre. lunch och kväll, lör. och mån. bara kväll. Här tar man inte ett glas vin till maten, utan en bit mat till vinet. Jättegott. Billigt

• **Wepler** *14 Place de Clichy. Tel. 01-452 253 24*
Öppet alla dagar till kl. 01. Stort anrikt brasserie känd för sina fina skaldjur. Extremt franskt. Henry Miller skrev här sin ”Stilla dagar i Clichy”.

• **Le Perroquet vert** *7 Rue Cavalotti*
Tel. 01-452 249 16. Öppet mån.–fre. lunch och kväll, lör. bara kväll. Här frossade redan Edith Piaf. Mysigt, gammalmodigt franskt med brasa på vintern.

• **La Rughetta** *41 Rue Lepic*
Tel. 01-422 341 70. Ibland är ägaren lite surmulen. Fast bara ibland. Riktig god italiensk mat. Uppvärmd terrass. Alltid fullsatt (reservera!). Något dyrt.

• **Un Zèbre à Montmartre** *38 Rue Lepic*
Tel. 01-422 397 80. Öppet tis.–sön. kl. 9–2. Färgglad inredning, färgglad mat, färgglad publik. Gott och billigt.

• **Chez la Mère Catherine** *6 Place du Tertre. Tel. 01-460 632 69*
Öppet alla dagar kl. 12–00. Restaurangen finns sedan 1793 – franska revolutionen, alltså! Mitt i värsta turistsmeten, men ändå ganska trevligt. Traditionell fransk mat.

• **Beauvilliers** *52 Rue Lamarck. Tel. 01-425 454 42*
Öppet tis.–lör. lunch och kväll, mån. bara kväll. Montmartres finaste restaurang. Kämpar för att få tillbaka sin stjärna i Michelinguiden. Rätt dyr.

FESTA

Nattlivet är relativt. Vissa vill ut och dansa, andra lyssnar hellre på musik eller nöjer sig med en flirt och ett glas vin på en stökig bar. Vi föreslår lite av varje.

• **Aux Noctambules** *24 Boulevard de Clichy. Tel. 01-460 616 38*
Underhållning kl. 22–04. Kult! Här älskar man gammal fransk "chanson". Publiken, en vild blandning av trendiga ungdomar och något slitna äldre, sjunger gärna med. Fulkul inredning och ganska dyrt.

• **Au Lapin Agile** *22 Rue des Saules. Tel. 01-460 685 87*
Öppet tis.–sön. kl. 21–02. Det här är helt i Anna-Lenas smak. Professionell underhållning med chansons, humor och poesi. Den franska publiken kan alla låtar och brukar sjunga med. Men tyvärr verkar även många turister känna till denna lilla kabaré där tiden låtsas att ha stått stilla.

• **Ciné-Théâtre 13** *1 Avenue Junot. Tel. 01-425 113 79 eller 01-425 415 12*
Öppet söndag eftermiddag och kväll. Regissören Claude Lelouchs ovanliga lilla teater-biograf. Titta på programmet och beställ biljett. Du kan sitta framme i en röd lädersoffa och sörpla champagne medan du tittar på en bra film. Reservera plats, om du inte vill sitta där bak på vanlig biobänk.

• **Studio 28** *10 Rue Tholozé. Tel. 01-425 418 11*
Öppet tis.–sön., ring! Världens vackraste biograf, originalinredd av Jean Cocteau. Bra filmer. Dessutom visas fortfarande tecknad förfilm när de har barnfilmer och det händer att regissör och skådespelare dyker upp efter filmen för att prata med publiken. Men framförallt har Studio 28 ett fint café där man kan ta ett glas före eller efter föreställningen.

• **Divan du Monde** *75 Rue des Martyrs. Tel. 01-449 277 66*
En före detta kabaréteater från Toulouse-Lautrecs tid, där det numera dansas till worldmusic. Temakvällar

• **Élysée Montmartre** *72 Boulevard Rochechouart. Tel. 01-550 706 00*
Vackert dansställe från 1807. Rockkonserter och temakvällar.

• **La Cigale** *120 Boulevard Rochechouart. Tel. 01-492 589 99*
Biljetter mån.–lör. kl. 12–19. Och ännu en fin före detta kabaré!
Bra uppträdanden och konserter.

• **Moulin Rouge** *82 Boulevard de Clichy. Tel. 01-530 982 82*
79–125 euro. Klart att denna adress ska vara med. Ibland är det kul att stå utanför på natten när turisthorder strömmar ut och tillbaka till bussarna. Men, snälla. Spendera inte era pengar på det här.

• **Favela Chic** *18 Rue Faubourg du Temple, Paris 11e. Tel. 01-402 138 14*
(Egentligen accepterar de inga reservationer.) Okej, okej, det här stället ligger nere i stan – om än inte alltför långt från Montmartre. Men vi älskar det. Deras motto: oordning och framgång! passar oss utmärkt. Mat, drinkar och musik = spontan dans. Något yngre publik.

• **Folie's Pigalle** *11 Place Pigalle. Tel. 01-487 811 03 eller 01-487 855 25*
Från kl. 00. Jättestor före detta music hall med temakvällar och disco. Mestadels homosexuell publik. Jätteroligt på söndagar. Då visar stans undersköna dragqueens upp sig.

NJUTA

Ibland känner man för att bli omhändertagen. Gör som fransyskorna: gå till frisören, eller skäm bort dig på hammam.

• **Drôles de Dames** *6 Rue Tholozé. Tel. 01-426 248 49*
Öppet tis.–lör. kl. 9–17.30. Tvätt och klippning 33 euro, färg 25 euro. Det ser inte alls ut som en frisersalong. Mer som en lätt kaotisk boudoir. Silvie, som jobbar ensam, är jättesnäll och förstående, men en jävel med saxen. Räkna med att se bra ut efteråt.

• **Nouvelle Ere** *4 Rue des Abbesses. Tel. 01-425 740 55*
Öppet mån. kl. 12–20, tis.-lör. kl. 11–21. Tvätt och klippning 32–37 euro, färg 25–61 euro. Frisören har öppet på måndagar, och dessutom sent på kvällen. Ganska ungt och fräckt.

• **Hammam Pacha** *147 Rue Gabriel Péri, Saint Denis. Tel. 01-482 911 11*
www.hammampacha.com
Öppet alla dagar kl. 10–20. Entré 26 euro, hela programmet 75 euro. Som i ett harem i "Tusen och en natt": ångbad, massage, peeling, lättlunch och sött färskt myntate. Underbart. Kolla på webbsidan! Ligger tyvärr lite utanför Montmartre.

• **Les Bains des Maures** *54 Boulevard de la Chapelle. Tel. 01-425 507 92*
Öppet alla dagar kl. 9–18. Entré 13 euro, med peeling 19 euro. Inte lika lyxigt som på Pacha, men även denna hammam är vacker och fin. Ligger mitt i arabkvarteret, så det känns ganska genuint.

MISSA INTE

• **Skördefesten** *(Fête des vendanges)*
Första lördagen i oktober. Jättekul om man trivs i trängsel

• **Montmartre Maraton** *(Foulées du Tertre)*
En söndag i mitten av mars. Upp för backe, ned för backe. Ganska tufft.

• **Bal des Pompiers** *12 Rue Carpeaux*
13 och 14 juli. Dansa med en stilig brandman på franska nationaldagen. En riktig höjdare.

• **Fête de la Musique**
21 juni. Musikfestivaler finns även nere i stan, ja faktiskt över hela Frankrike. Men bäst är det förstås på kullen. Rock, jazz, samba i varje gathörn, i varje café. Hela natten lång.

• **Jazz à Montmartre**
Slutet på juni. Vi har aldrig varit där, Men det sägs att det svänger bra.

• **Lavage de Sacré-Cœur**
Första söndagen i juli. Anamad brasiliansk tradition. Börjar med en parad vid Sacré-Cœur där alla går vitklädda och slutar med att kvinnorna tvättar trapporna nedanför kyrkan och har kul.

SORTIE